犬野アーサー
Arthur Inuno
illust: ifo
転生オークは姫騎士を守りたい
2
KiNG novels

姫騎士を愛する漢
ナオーク
チート級最強少女
アリーナ・ビブ・アルダグ

魔族の女王
アモナ
勝ち気な女傭兵
クレール・アメネ
妖艶なサキュバス
フェリシー

あれ？　返事も出来なくなっちゃいましたか？
そこまでやるつもりはなかったんですけど……。
でもほんとこれ……ギュンギュンに締めつけてきて、
天国にいるみたいです！
逆効果になってしまうと分かっていながら、
アモナはそれでも抵抗を止めない。
爪を立てるのがダメなら殴り、
それがダメなら叩く……。
そんなそよ風みたいな刺激を感じながら、
俺は悠々とピストンを続け、ペニスを
最高潮に気持ち良くさせる運動を続けた。

転生オークは姫騎士を守りたい

～理想と現実は違うけど、
エロいことばかりだからまあいいか？～

2

犬野アーサー
illust: ifo

KiNG novels

contents

第四章 反攻

第一話
不穏な気配

赤いツインテールをなびかせるアリーナ様と、金のポニーテールを揺らすエルゼのふたりを先頭に、一軍がその〝時〟を待っていた。

緊張の糸が限界まで引かれた頃合いを見計らい、アリーナ様とエルゼは、進軍の合図を送った。

「さあ、行くわよ！」

「全隊進軍！」

ふたりのかけ声は、遠く離れた場所に待機する者たちの隅々までも響き渡り、それ以上の雄叫びとなって返された。

〝うおおおおおお!!〟

そして、集まった兵たちが動き出す。大軍が雄叫びを上げながら進む様子は、圧巻といえた。

そこに、異変を嗅ぎつけた魔物たちが集まってきた。

「多いな……」

少なく見積もっても数百はいる。

予想よりも多い魔物の数に、俺は思わず舌打ちをした。

「きたわね！　エルゼ！　なんならどっちが多く敵を倒せるか、勝負しない!?」

「勝負するのはいいが、やることは忘れるなよ？」

「そうこなくっちゃ！」

意気揚々と飛び出したアリーナ様は、剣を一振りした。その一撃で、目の前に居た魔物三匹をまとめて薙ぎ払う。

「ぼーっとしてたらダブルスコアで負けさせるわよ！」

「まったく……。もう少し落ち着かないものか……。ナオーク、お前がアリーナを甘やかしすぎるからこうなってるんだぞ？」

「えっ、俺ですか!?」

とんでもない角度からの突っ込みが入ってきた。

「当たり前だろう。……ナオーク、私も前に行く。漏れた敵はまかせたぞ」

アリーナ様の魔の手をかいくぐり、近付いて来ていた魔物を、エルゼが素手で殴り飛ばした。その次の瞬間には、俺の横にいたはずのエルゼは、遥か前方でアリーナ様と肩を並べ、次々と現れる魔物を倒し始めていた。

(もうあんな所にいる、相変わらず凄いなぁ……)

どんなに鍛えても、俺はあそこまで強くはなれそうにない。

「やっと来たの？　あたしはもう三十四は倒したわよ！」

「それくらい、ハンデをやらんと勝負にもならないからな」

ふたりは視線を合わせて火花を散らすと、魔物を奪い合うようにしながら倒していく。

しばらく、魔物の大群を相手に大立ち回りを続けていたアリーナ様とエルゼ。初めのうちは楽しそうにしていたのだが、飽きてきたのか、アリーナ様は退屈そうに欠伸をした。

「こんなんじゃ準備運動にもならないわね……」

「どうせ様子見だろう。すぐに激化するはずだ」

いつものように思い切り油断してかかるアリーナ様を、慎重派のエルゼが嗜《たしな》める。

「そうだといいけどねっ！　流石に弱すぎ！」

襲いかかってきた魔物を、目にも止まらぬ速さで斬り伏せながら、アリーナ様は大きなため息をこぼした。

襲ってくる魔物たちの強さはまだ、確かに正直、目も当てられないようなものばかり。俺ですらそう思ってしまうのだから、アリーナ様が退屈だと感じるのも仕方のないことだろう。

「でも確かに、奇襲っていうのを抜きにしても、一応の前線にこんなに弱い魔物ばかりって、ありえますかね？」

俺は微かに感じた疑問を口にする。

「気にしすぎよナオーク。どうせたいしたことないわよ」

「ナオーク、アリーナの言葉は信用するなよ」

「あ、あはは……」

もしこの調子が続くのなら、アリーナ様の言うとおり、たいしたことはないが……。

(ここはけっこうな前線のはずだし、何かの罠、ってことは十分にありえるんだよな……)

だとしたら、何が目的か。ここまで弱い魔物を配置するということは、あえて進んで欲しい……ってことだろうか。だとしたら、このまま進むのは……まずい？

「エルゼ！　ちょっと！」

十四ほどのゴブリンに囲まれていたエルゼは、俺の呼びかけに顔を上げる。

「どうした」

「えっと……このまま進むのって、どう思います？」

「それは、敵の罠ではないかということか？　それなら私も少しばかり気にしている。どうにも誘われているような気がしてならないんだ」

やっぱり、エルゼも俺と同じような違和感を覚えていたようだ。

「とはいえ、ここで引き下がってどうにかなるわけでもないしな……。とりあえず、罠に気をつけて進み続けるしかないだろう」

その違和感——敵の罠である可能性——に気が付いてなお、エルゼはそれに立ち向かうことに決めているようだ。

「アリーナ様は気づいてますかね？」

「さあな……。気が付いていても、気にするような性格はしていないと思うが、あれでなかなか頭がキレるからな……。一応ナオークから教えてやるといい」

「そうですね……そうします」

俺は楽しそうにリザードマンを締め上げていたアリーナ様に、俺の考えを話して聞かせた。

「ふぅん、それじゃあ、まだまだ強い奴が出てくるってことでしょ？　いいじゃない、そっちのほうがやりがいがあるわ。俄然《がぜん》進むしかないでしょ！」

「そ、そうですよね……」

こういう反応をするのは分かっていたはずなのに、なんだかハラハラしてしまう。

「なによ、あたしがやられるとでも思ってるの？」

「さすがにそんなことは思ってないですけど、相手の魔王軍は知略派ですから。警戒するに超したことはないと思って……」

「ちょ、ちょっと、心配してくれてる……の？　だ、大丈夫よ！　あたしの強さはあんたが一番知ってるでしょ！」

俺が心配していることを察したのか、アリーナ様は途端に顔を真っ赤にして照れはじめた。

「おい、今はイチャイチャしてる場合ではないぞ？」

エルゼも、これには流石に口をはさんだ。

「い、イチャイチャなんてしてないわよ！」

「アリーナ様、流石に言い訳出来ない反応でしたよ……」

「そ！　そんなことあるわけないでしょ！　いい加減なこと言わないでよ！」

慌てているアリーナ様を見るのは新鮮だけど、真剣なエルゼの前では、そんな冗談も言っていられない。

「まったく……。ああ、そうだ。ナオーク、お前はそろそろ後ろでカティア殿と合流してくれ。その後は、作戦どおりで頼むぞ」

「あ、はい。分かりました。それじゃあ行ってきます。アリーナ様もエルゼも、気をつけてくださいね」

事前に話をしていた、作戦実行の段階まできていたようだった。

「心配されるまでもないわ。あんたこそ、ちゃんとやりなさいよ。危なくなったらすぐに戻ってくるんだからね！」

その光景を、遥か上空から眺める者があった。

コウモリの翼を羽ばたかせ……その一つ目の魔物は、同盟軍の動向をただじっと見つめていた。

※　※　※

その魔物の目を通して、同盟軍の様子をうかがっている者がいた。

「くっくっくっ……」

真っ暗な部屋の中でそれを眺めているのは、魔族を率いる女王――アモナだ。

アモナは、思慮深げな表情を浮かべ、豪奢な椅子に腰掛けている。

「そうだ、目の前の餌に釣られてくるがいい……無力な人間、そしてエルフ共め」

どこからともなく取りだしたワイングラスを回し、注がれた朱色の液体の香りを楽しむと、アモナは唇にグラスをあてがい、ゆっくりと傾けさせた。

「だが……」

終止余裕の表情で映像を見ていたアモナだったが、使い魔が一匹の魔物を映しだすと、その余裕がやや崩れる。

「このオーク……」

それは、アモナにとってもイレギュラーな存在だった。

「何故オークが人間とエルフに荷担している？　もっと頭の良い魔物が、我の考えに賛同できずに反逆する……それなら分かるが……。それに、三大欲求に忠実なオークのことだ、多種族の雌《めす》を侍《はべ》らせるならまだしも……。そういった様子もないな」

アモナは額に手を当てて考え込んだ。

「ふん……まあいい。見たところ人間の姫とエルフの姫は多少厄介そうだが、このオークはたいした風には見えぬしな。こやつ一匹に何が出来るでもなかろう」

ナオークを驚異には値しないだろうと結論付けたアモナは、思考を中断する。

「さて……」

そして、おもむろに立ち上がった。

「ゆくか……」

使い魔から送られてくる光景を睨みつけながら、アモナは口の端が持ち上がる。

「こやつらに……絶望を味わわせてやろるか」

先ほどまで浮かべていた思慮深さは消え去り、そこにはどう猛な、肉食獣を思わせる表情が浮かび上がっていた。

「くくく……くーっくっくっくっ!!」

アモナの高笑いは、広大な部屋に響き渡った。

第二話
気性の荒い傭兵

魔族襲撃より、二日ほど前のことだ。

「ちょっとエルゼ、いきなり呼び出してどうしたのよ」

アリーナ様と俺は、エルゼに呼び出されて城の一角にある広場へ足を運んでいた。

「ようやく来たか！　こっちだこっち！」

見るからにこちらを意識してそわそわしているエルゼに近付くと、俺とアリーナ様は力一杯背中を叩かれた。

エルゼにしては珍しくテンションが高い。よほど嬉しいことがあったに違いない。その証拠に、ちらりちらりと俺たちの様子を何度も確認し、話を聞いて欲しそうにしている。

「どうしたんですか？　なんだか楽しそうにしてますけど」

「ふふふっ、分かるか？　なかなかの目をしてるな、ナオーク」

そわそわしながらしきりに俺たちのほうへ視線をやっていれば、誰でも気が付きそうなものだけど、黙っておいたほうがいいのだろう。気軽にヤジなど入れると、怒られそうだし。

「ほんとね～」

アリーナ様もそれが分かっているのか、適当に返事をして明後日の方角に視線をやっている。

「アレを見ろ！」

ババーン！　とエルゼが指す場所を見ると、そこには広場を埋めつくさんばかりの人で溢れかえっていた。しかも、皆一様に強い殺気……というか、闘志をみなぎらせている。一目でただ事じゃないことが分かる。

「あ、あの……この人たちはいったい……何でここに集まっているんですか……？」

「ん？　何を言っている。魔族討伐に必要な人員を集めたに決まってるだろう」

エルゼは何を言ってるんだ、と楽しそうだった表情を崩し、眉間に皺を寄せた。

「へぇ、凄いじゃない。この短期間でこれだけ集めるのって、苦労したんじゃない？」

唖然としている俺とは逆に、先ほどまで興味なさそうにしていたアリーナ様が話に加わる。

「まあそれなりにな。だが、これから攻める場所のことを考えれば、これくらいは必要だろうと思ってな」

「数はいいけど、戦力としてはどうなのよ」

「ふふ、まあ気になるところだろうな。安心しろ、私の目で直接確認した猛者ばかりだ。私やアリーナほどとなると……流石にいなかったが」

「でしょうね……」

そんなに強い人がゴロゴロいるとしたら、魔族側からしたら考えるのも恐ろしい事態だ。パワーバランスも何もない。

「それに、この人数全員を自分の目で？」

さっき時間がないとか言っていたのに……。

「まあ、他にも作戦はあるんだが、まずは軽くこんなところだ。そうだアリーナ、ちょっと私と一緒に来い。紹介したい奴らがいるんだ。ナオーク、すまんがしばらくひとりでその辺をブラついていてくれ。あんまり正体はバレないようにしておけ、まだお前のことを知らない奴が多いだろうからな」

「はい、分かりました。姿のほうも、気をつけておきます」

人混みの中に消えていくふたりを見送ると、フード付きのマントを目深に被る。

さて、俺は空いた時間で何をしていようか……。そう思っていると。

『何見てんだアァンッ！』

――と、アリーナ様たちが消えていった方向の逆側から、なにやら叫び声が聞こえてきた。

『勘違いぃ!?　とぼけたこと言ってんじゃないよ！　さっきあたいのこと馬鹿にしただろ!?』

何かトラブルがあったみたいだ。興味をそそられてそちらへ顔を出してみることにした。

「おぉ……凄い人だかり」

現場に来てみると、既に人が集まって、盛り上がりを見せていた。

「あの、何が起きたんですか？」

近くにいた、瞼にいかにもな刀傷をつけた、歴戦風のおっさんに話しかける。

「おう、あそこにいる姉ちゃんが、王国つきの騎士に馬鹿にされたって騒いでんのよ」

「はは～」

なるほど、見るとポニーテールを揺らす軽装の女性が、ものすごい形相で、鎧を着込んだ男の腕を掴んでいた。その剣幕ときたら……。このまま放っておいたら、大事になりそうな気配がヒシヒシと伝わってくる。

仕方ない、ここは俺が一肌脱ごうじゃないか。……別に、このトラブルを解決したら、ふたりから褒めて貰えるかも、とか考えているわけじゃない。

「ちょっとちょっとふたりとも、そこまでにしておきましょうよ」

そんなこんなで、ふたりの間に割って入る。

「た、助けてくれ！」

騎士は、仲裁に入った俺に涙目で訴えかけてきて、

「アァ!?」

軽装の女性は、まるで親の敵《かたき》を見付けたみたいな表情で俺を睨みつけてきた。

「あ、あのですね。せっかく仲間として集まったんですから、仲良くしましょうよ」

「邪魔すんじゃねえ！　このクソ鎧はな！　オレのことを陰で馬鹿にしてたんだ！　一発ぶん殴らなきゃ気がすないんだよ！　それともなにか!?　お前が代わりに殴られてくれるのか!?」

この人……女性にしてはかなり過激な性格をしているみたいだ。

「え……いや、あの……それはちょっと」

あまりの勢いに、若干尻込みすると、騎士がもっと頑張れよ！　という視線を送ってきた。

「だったらオレに口出しするな！　オレはな！　オレより弱い奴に指図されるのが、いちばん嫌いなんだよ！」

「あ、あ～……」

ちょっとしたご褒美目当てに藪の中に入ったら、蛇がいた気分だ……。こんなことなら首を突っ込むんじゃなかった……。

いや、今からでも引っ込むというのはどうだろうか。まだ間に合う、そう信じて身を引こうとする。

「それじゃあ――」

「ちょっとまっ！　た、助けてくれよ！」

どれだけ殴られたくないのか、騎士は俺にしがみついて背中に隠れてしまった。しかも、前に出るようにと、俺の背を押してくる。

「ちょっと押さないでくださいよ！　元はあなたの問題でしょ！」

「いい度胸だなぁ、豚ぁ……。かかってこい！　お前が勝ったら、おとなしく引き下がってやる！　そのかわり、負けたら分かってるだろうなぁ！」

「あぁ……」

これはもう逃げられそうにない……。しょうが……ないか。

「わ、分かりました。やりますよ……。そのかわり、俺が勝ったら本当に引き下がってくださいよ？」

「約束は守ってやるよ！　お前がもし勝てたらな！」

喋り終わるか終わらないかという間に、彼女はどこかに隠し持っていたらしいダガーを俺の喉めがけて振り上げてきた。

「どわ！　ちょっと！　当たったらどうするつもりだったんですか!?　それ、本物ですよね！」

「うるせぇ！　これくらい避けられないようじゃ、そもそも力不足だ！」

「うっ！　くっ……確かに！」

激昂しているように見えて、以外に冷静な彼女の素早い攻撃を、俺はすんでのところで躱《かわ》していく。

「なかなか！」

だけど、それだけだ。あまりにも激しい攻撃で反撃の暇がない。流石、エルゼが認めて招集しただけはある。まともにやっても、勝ち目があるかどうか……。

「ほらほらっ！　そんなにチンタラ避けてたら当たっちまうぞ!?」

まるで俺が次にどう動くのかお見通しといった具合に、避けた先、避けた先に刃先が置かれている。一回や二回なら無理して回避することは出来るのだが、何度も何度もそれが続くことで身体のバランスが徐々に崩れていき――。

「ぐっ！」

やがて彼女の攻撃が細かく当たるようになってくる。今のところ急所は外せているが……。

「はっ！　どうした！　動きのキレがなくなってきたよ!?」

細かいとはいえ、切り傷だ。数が重なれば、致命的な一撃を受けてしまう可能性もある。

――なら！

俺は無理な体勢と分かりつつも、彼女から一気に距離を取る。

「お、いい判断してるね！」

まだまだ余裕を見せる彼女とは対照的に、俺は息を切らしながら体勢を整えた。

「ふっ」

まだまだ余裕を見せる彼女は、俺の息が整うのを待ってくれている。相当な力の差がなければ、こんな態度を取られることはない。

だけどそれは、俺が彼女に勝つチャンスがあるということでもある。

(……なはず……。なら！)

勝負を仕掛けるならここしかない。

一瞬、彼女の視線が俺から外れたのをねらって、勢いよく走り出した。

「ッ!?　ハッハァ！」

しかし、多少驚かせることは出来たものの、勝負が決まるほどの隙《すき》を作ることは出来なかった。

「距離を置いたことが仇になったみたいだね！　そんなんじゃ餌食だよ！」

彼女の獲物が、喉元に向かって一直線に向かってくる。だけど、その攻撃は予想済みだ。俺は手の平にその刃を埋め込ませ、彼女にとって致命的な瞬間を作りだす！

「なッ!?　お前！」

「うおおおおお！！」

渾身の力を込めて、タックルをお見舞いする。

「うおっ!?」

完璧に入った！　後はこの密着した距離を保って、動きを封じれば……！

(勝てる！)　……その一瞬。少しの気の緩みから、身体にいらない力が入ってしまった。

「ぐっ！」

彼女を押し倒した勢いを殺しきれずに、いっしょに倒れ込んでしまう。

「うっ……くっ……」

すぐに立ち上がろうと、地面に手をつくが……。

「ふぅ……終わりだな……。オレの勝ちだ」

喉元に刃を突き立てられ、勝敗が決定した。

第三話 勝者の特権

首筋に当たった刃が肉に食い込み、血が流れた。

「俺の……負けです」

これ以上やっても、勝ち目がないことを悟った俺は、素直に負けを認めた。

彼女には、それが意外だったようだ。

「すんなりしてるね、悔しくないのか？」

「まさか。素直にあなたのほうが数段も実力が上っていうのが分かりましたから、あがいても無駄かなって思っただけです」

「ふん、こっちの騎士とは違ってなかなか骨のある奴だね。だけど、約束は守ってもらうよ」

「ひぃ！」

ドスの効いた声に、騎士が悲鳴を上げた。

「お前はさっさと消えな、オレの機嫌が良いうちにな……。ツラを見るだけでイライラしてくる」

彼女の殺気を一身に浴びた騎士は、一目散に逃げていった。

「ふんっ、あんなんで本当に魔族とやりあえるのかね。お前は俺についてきな！」

そして彼女も、俺に手招きをしながら歩いて行く。彼女は颯爽と大門を潜ると、城の外へと出て行ってしまった。

「あっ、ちょっと待ってくださいって！」

俺は慌てて彼女についていく。

「クレール。オレの名前だよ。あんたは？　お互い名乗ってなかっただろ」

「あぁ確かに、俺はナオーク。よろしく」

意外にも冷静な彼女――クレールに驚きながら、促されるまま自分も名乗る。

「ところで……クレールはその、どこに向かってるんです？」

「あぁ？　どこだって構わないだろ？　勝負に勝ったのはオレだぞ。お前は黙ってついてくればいいんだよ。それとも殴られてぇのか？」

その理不尽な物言いに、俺は下手にクレールを刺激しないほうがいいことを悟った。多分、これ以上何か話しかけたら本当に殴られる。

そして、何も言わずに目の前で揺れるポニーテールを追いかけて歩くこと数分。

誰もいない森の中まで来ると、彼女はそこでようやく立ち止まった。

「ここら辺ならいいか」

そう言うとクレールは大きな木に背中を預けた。

「そんじゃ、ナオークには今からオレの言うことを聞いて貰う」

クレールはそう言うと、おもむろに履いていたホットパンツの股間部分を横にずらした。

思ったよりもしっかりと恥毛が生えそろった秘所が、突然目に飛び込んできた。

「ちょっ！」

俺はすぐに顔を伏せて、クレールの股間から視線を逸らした。

「さっきの戦いで興奮しちゃってさ、もうずぶ濡れなんだ。城からここまで我慢するのに必死だったんだ……んっ、ふぅ」

俺の耳には、クレールがアソコを指でかき回す水音が聞こえてきた。

「おい、目を逸らすな。ちゃんとこっちを見てオレのに鼻先を近付けるんだよ。その邪魔なフードを取っ払ってな」

クレールの手が俺の頭を掴み、強引に正面へと向けさせられる。

「どうだオレのオナニーは？　めちゃくちゃエロいだろ？」

がに股になって指を奥深くまで突き入れたその姿は、確かにかなりエロかった。

「あっ……あぁ……」

気が付けば俺は、我慢出来ずにクレールの股間へ顔を押しつけていた。その拍子に、ばさりとフードが脱げてしまった。

「やっぱり、魔族だったか。それにしてもオークとは、都合がいいねぇ。くふっ……！」

既に十分出来上がっていたクレールの性器からは、舐めるごとに愛液が溢れてくる。

「だけど、まだまだ足りねぇ……。もっとしっかりしゃぶりつけよ。縁をなぞってるだけで満足するわけないだろう！　オークの卑猥なベロ使って、中までしっかり気持ち良くさせろよ」

「んぶっ!!」

掴まれた頭が更に股間へと押しつけられた。濃いめの毛が、シャリシャリとした感触で鼻先をくすぐる。

「ちゃんとオレが満足するまで、終わらせないぞ」

掴まれた頭蓋骨が、めきりと軋む音が聞こえた。俺は慌ててワレメからはみ出したビラビラを唇で甘噛みする。

「ああっ！　ふっ……いいぞ、続けろ」

唇を擦り合わせるように左右に動かす。俺の唇が当たることで充血したマン肉はぷっくりと膨れ、中に隠していたビラビラをさらけ出した。

「あむっ！　んむ！　ぢゅうっ！」

俺はすかさずはみ出た薄い肉にしゃぶりつく。

「ふっ！　あはぁ……」

クレールがちゃんと感じてくれていることに、安堵する。これで責めがヌルいとか、下手くそだとか言われたら、きっと頭をかち割られていただろう。

慢心せずに、俺はさらにその行為を発展させていく。

焦らすように、舌でワレメの中の浅い部分をなぞり、舌先をクレールの中へと侵入させていく。熱く、柔らかい肉が俺の舌をきゅうきゅうと締めつける。その抵抗を押しのけて、舌を細かく出し入れする。

「んっ……そうだ、もう少し奥……んぐぅ！」

俺はクレールの指示に従って、入り口付近を責めていた舌をさらに奥へと進める。すると、少し奥で、ぽっこりとした突起が舌先を掠めた。

「ンンッ！　そ……そこだ……そこを重点的に……やれ……ンはぁッ!?」

どうやらこの突起がクレールの弱点のようだ。俺は舌で捉えた突起を左右に弾いたり、潰してみたり……様々な方法で追い込んでいく。

「ふあっ!!　あぐぅ！　おふぅう……!!」

「はぁ……はぁ……んじゅる……じゅぱっ！」

頭蓋骨の安全が掛かったクンニともなれば、やっぱり必死さが違うのだろうか、早くも顎が疲れてきてしまう。このままこの突起を嬲り続けて、クレールを満足させてしまえば話は早いのだが、それは最悪の手段だ、と俺の直感が囁いていた。

ならば、次に俺が取れる作戦は、気が付かれないように舌の筋肉を休ませながら、クレールを追い詰めること……これしかない。

「れるれるッ！　レルレルルレルルレル!!」

より直接的な刺激。つまり、クリ責めを始めたのだ。

「アヒッ!!　おま……そこ……おおおほぉ!!」

俺の作戦は見事に嵌まり、脳を直撃するような刺激がクレールを襲う。

頭を掴んでいた腕の力が少し緩んだことからも、それは明らかだった。

ただ、伸ばし疲れた舌をあまり酷使も出来ない。あくまでも目的は舌の休憩だ。適度に力を抜き、舌先だけで突起を弾く。

「や……あふぃ！　やるなナオークゥウ!!　だ、だけどこれくらい……でぇ！」

これがなかなかに、絶妙な力加減でクリを刺激出来るようで、クレールの声から余裕が消えているようにに思えた。

（……ん？　いやちょっと待て）

このまま彼女を追い詰めてしまってもいいものだろうか。彼女は自分が気にくわないと思ったら、刃に衣着せない態度で迫ってきていたではないか。

嫌な予感が背筋を走った。すぐにクリ責めを止め、穏やかな愛撫に戻そうとした、そのときだ。

ビキリ――――！　と鳴ってはいけない音が頭の外殻から発せられ、俺の脳みそを締めつけてきた。

「じゅぶぅ!!　ううう!!」

「うぐぅう!!　オ、オ……オークの舌……すご……腹の奥が……どんどん疼いて……止まらない！　も、もっと激しくしてみろ!!」

「はぶっ！　うジュルッ!!」

息をするのも難しいほど、股間に頭を押しつけられる。

(こ、れじゃ！　息がもたない！)

一刻も早くクレールに、この力を抜かせないと……死ぬ！

俺は完全に回復しきっていない舌をクレールの中へと滑り込ませ、さっき発見した突起を舌で刺激する。それと同時に、陰毛に埋もれた鼻を少し下へとズラして、クリへとあてがった。

強い刺激を受ける二つの場所を同時に責めれば、クレールといえどたまったものじゃないはずだ。

「あああああ!!　まっ！　それ以上激しくされたら！」

「んじゅるぶじゅ！　じゅぶぶ！　じゅぷ！」

卑猥な音を立てながら、俺は必死に舌と鼻を動かした。そして――。

「んなあああああ!!　んっ！　んんんッ！　んんアッ！　……アアァ」

我慢の限界に達したのか、クレールは何度も潮を吹きながら、絶頂に達した。

第四話 弄ばれる敗者

クレールが絶頂をむかえた瞬間、掴まれていた手から解放された。

「ぶじゅ……ぢゅぱっ、はぁはぁ……はぁ」

股間から顔を離して、ここぞとばかりに息を吸い込んだ。

「おうっ……くっおぉ……!! ふっ……うぅう!!」

クレールは全身を痙攣させて、もたれ掛かっていた木に全身の体重を預けて、さらに木の幹に両手で掴むことで、なんとか倒れることを堪えている。

「ふっ……ふぅ……ふぅ……。ナオーク……根性あるじゃん……」

息を整えながら、恐る恐る木から手を離したクレールは、その手を俺の肩へと乗せた。

「さすが……魔物って感じだな……」

荒い息を吐きながら、木から背中を離して、クレールは俺を支えにした。

「さ、さっきから気になっていたんですけど、クレールは俺が魔物ってこと、気にしてないんですか？」

「まあ……気が付いたときは驚いたけど、オークがあんな場所にいても暴れださないってことは、なにか特殊な事情があって同盟軍に協力してるってことだろ。それに、大人しい魔族にはこんな使い道があるってことに気が付けたんだ、有効に使わないとな」

「いたっ！　ちょ……！」

クレールは目を爛々と輝かせながら、俺を押し倒した。

「舐めさせるだけで終わろうと思ってたけど……それだけじゃおさまらねぇ。そのチンコ、食わせてもらうからな……」

ワレメにしゃぶりついていたおかげで、すっかり高まっていたペニスが、クレールのまんこに埋め込まれていく。

「うっ……ぐぅ！　でけぇ……それに……ぐっ……ゴツゴツしたのが気持ち良い場所に当たって……腰が……抜けそう……だ」

半ばまで入れたところで、かなり刺激が強いのか、クレールはがに股の状態で動きを止めてしまった。

（一度絶頂してるから、膣内が敏感になってるんだ……）

しかしそれは、クレールのワレメを必死に舐め回していた俺にとって、拷問にも近い仕打ちだった。

「い……入れるなら早く……！　最後まで入れてください！」

「オ……オレに命令してんじゃねぇ……。今のお前はオレが所有する肉ディルドだ……黙ってそこに寝転がってればいい……」

脂汗を垂らしながらではあるが、クレールはオレを睨みつける。

「うっ」

俺は我慢を強いられて、亀頭を包み込む柔肉を感じながら、生殺しの目に合う。

「はぁ……んっ！　ふぉ……！」

それでも少しずつ奥へと沈み込む。

時間をかけてペニスを奥まで入れたクレールは、一呼吸を置くと自慢げな表情を作った。

「見ろ……全部入れてやったぞ……」

クレールは一度、二度、腰を揺すって俺のペニスと膣内を馴染ませる。

「ふぅ……これで、少しは動ける。……覚悟しろよナオーク……これからお前は俺のまんこでイキ狂うんだからな」

入れたときとは対照的に、クレールはまんこから、ペニスが抜けてしまいそうなところまで一気に引くと、自分に与えられる快楽などまるで無視した急降下を行った。

速度を伴ったその急降下爆撃によって、ぞわぞわと逆撫でされたような感覚が背筋を襲う。まるでペニスと一体になったような、特殊な快感だ。

「ンンンンンッ!! キクゥ……。お前もオレので相当追い詰められたみたいだな……。余裕がなくなってるぜ? オレが満足する前に萎えさせたら、どんな手を使ってでもお前のチンコを大きくさせるつもりだから、覚悟しておけよ!!」

「オひぃ! そん……なぁ!」

さっき、あれだけ彼女のまんこを舐めて絶頂させたにも関わらず、なお貪欲に性欲に食らいくそうとする。そんな彼女が満足するまでなんて、俺の身体は持つのだろうか……。

「んんっ!! おおぉ……はぁ……、ちょうどいいとこ……ずっと押し潰されてて……気持ちいいの止まらな……いッ」

クレールの動きはさらに激しさを増していく。とくに膣の中頃にあった突起と最奥を刺激するのが感じるのか、浅く抜いては奥にねじ込む動作を繰り返す。

動きが大きく、容赦のないシゴきに比べて、快楽の波はそれほどでもないのが、俺にとってはありがたい。

（それでも……続けられたらもうすぐ射精してしまうだろうな……）

この際、一度や二度の射精は致し方ない。問題は、俺のペニスを如何に長時間勃たせていられるか……。それに命が掛かっている。

何かないか……と考えようとして、実はその必要がないことに気がついた。

「で、出来れば……もうちょっと激しく動いてくれると……俺が気持ちいいんですけど……」

「お前……黙ってろって言っただろう！　せっかく気持ち良くなってんのに、水さすなんて……。よっぽど痛めつけられるのが好きらしいな！」

よくお分かりで！　俺は賞賛の叫び声をあげるのをぐっと堪えた。

同時に、尻の下で揺れていた俺の睾丸が、押し潰されかけた。睾丸の形が変わるほどの重みを受け、壮絶な痛みが迸った。

「おぐごごおご……!!」

意図せず、口の端から泡と悲鳴が漏れた。だけど……これで良い。その痛みによって、俺のペニスは一段階、上の硬さへとシフトする。

「くふ……お前、痛みでチンコ硬くしてるじゃねえか……さてはマゾか？」

「はっ……はぁ……うっ……！」

否定も肯定もせず、俺はペニスに伝わる快感に声を漏らす。

「ず……んっ……図星、か。お前もなかなか好きものだな……」

クレールが腰をくねらせると、その動きによって俺の睾丸がすり潰される。

「うぎぃい……‼」

意識が飛びそうになるのを必死に堪えた。

「おっ……おぉ……‼　精子が……！　ビチビチ子宮に当たってるぅ‼」

自分でもだらしないと思うほど唐突に、俺はクレールの膣内に快楽の象徴を送り込んでしまう。

「うぅぅあ……」

このまま、いつまでも射精していたい。だけど、クレールの手が首を掴んだことで、そうも言っていられなくなった。

「射精するのは構わねぇけど、これでチンコが萎えたら、どうなるか分かってるだろうな」

「うぐっ……そ、それは……大丈夫……かと……」

クレールは俺の言葉を聞くと、結合部に手を当てて、中に埋まったままのペニスを確かめる。

「確かに。さっきより堅くなっているな……。まだまだ楽しめそうだ。だがお前にとっては残念か？少しでも早く射精してふにゃふにゃになったほうが、良かったかんじゃないか？」

その手に力を込めることで、主導権は自分が握っていることを俺に主張する。

「まあいいや。しばらくはお前のマゾチンコで楽しめそうだしな」

クレールは楽しそうに笑うと、ピストンを再開した。

さっきと同じように、突起と奥を重点的に刺激するような動きではあるが、速さが段違いになっていた。

気持ちよさに慣れたのか、それとも嗜虐心による根性か……。足はまだまだ震えているのに、それを感じさせないような激しいピストンを、クレールは行ってくる。

「はぐぅ……！　あぎぃ！」

主導権を意識するクレールは、そこからは俺のペニスを使って遊び始めた。意味もなく睾丸を殴ったり、首を絞めたりして、ペニスの硬度を高めたり、逆にペニスに与える刺激を弱めてピストンに影響しない程度に柔らかくしたりと、やりたい放題だ。

「はぁ……おふっ……あはっ、これ……おもしれぇ……色々な種類のチンコを入れられてるみたいで……ふぃぃ！　きも……ちぃぃ……とんじゃいそう……だ」

色々な硬さ、太さのチンコが弱点に当たり続けたせいか、クレールはまたも息を荒げ始めた。

「ふんっんっ！　うぅう……あふっ……ふん、おあ……だ、ダメだ。さすがに……イキそう!!」

そう言うと、クレールは更に激しく腰を上下させはじめた。

激しさに重点を置いたせいか、クリを押し潰すような動きではなくなった。その動きが、それまで肉の中に沈み込むようにして擦られていた突起を、露出した凶器へと変貌させた。

「はぁああ！　すごっ！　は、はじめっからこんな感じで責めておけば……んっ！　よかっだぁ！」

とクレールが言うように、乱雑な動きによって激しく突起が刺激される。そしてその突起自体も、俺のペニスが通過するたびに、裏スジへのパンチを何度も何度も決めてくるのだ。

「い……イグッ！　まんこ突かれまくって！　アクメしちまう！　あうっ！　ウウうんんンンンッ!!　ンアァ!!」

「俺も……また……射精します！」

クレールの膣内が痙攣する。その刺激を受けて、俺は本日二度目となる射精を決めていた。

結局その後、クレールが満足して俺を解放するまで半日はセックスをしていた。正直何発射精したかも覚えていないほどだ。

「はぁ……流石に疲れた」

「だらしねぇな……。本当にオークかよお前。オレより先に根をあげるなんてよ」

返す言葉もないとはまさにこのことだ。

そうこうしながら、ヘロヘロの状態で城へと帰り着く。

広場に集まっていた傭兵や騎士などは、流石にもう解散してしまっていた。クレールとはそこで別れ、俺はアリーナ様が待っているだろう自室へと向かった。

※　※　※

その日のうちに――。

エルゼとアリーナ様による兵の検分も無事に終わり、すでに用意は整っていた。

そうしてこの二日後、魔族との決戦が始まったのだった。

第五話　協力者を求めて

――そして戦の幕が切って落とされた、というわけだ。

「さて、それじゃあ行きますか」

そんな俺の言葉に同調するのは、

「はいナオーク様、参りましょう！」

指を胸の前で組んだカティアさんと、

「遅ぇんだよ、とっとと行くぞ」

これでもかと悪態をつくクレールのふたりだ。

「いやぁ、なんだかんだで、あのふたりの調子がいいもんで、結構奥まで行っちゃってました」

「ふん、そうじゃなきゃ困るっての」

そう、クレールの言うとおり、アリーナ様たちには盛大に暴れてもらわなければ困るのだ。なにせあちらで大暴れしてもらっている隙をついて、俺たちは魔族領のさらに奥地への侵入を試みているのだ。

「まあ、魔族のナオークもいるから最悪の事態にはならないだろうけど、本当にこんなほんわかシスターもいっしょで大丈夫なのかよ」

「そこはお墨付きですよ。なんてったって俺を前にしても怯まずに話しかけてくるくらいですからね」

「そんな……わたくしは神の教えを守っているだけですから……」

……そう、これがエルゼが考えた攻略作戦の一つだ。話の分かりそうな魔族を探して、仲間にしていこうというものだった。そのためには、カティアさんの魔族も恐れない性格と信仰心が、交渉の役に立つかもしれないとエルゼは思っているらしい。

「ま、お前らが襲われたら守るのが俺の仕事だし、ある程度足を引っ張らねぇなら、なんでもいいさ」

はじめは俺とカティアさんのふたりだけで各地を回る予定だったんだけど、流石に危険が過ぎると、エルゼが集まった傭兵や騎士のなかから護衛をつけろと言ってきた。

俺にそのときふと思い浮かんだのが、クレールだった。というよりも、こんなことで頼れそうな相手を、クレールしか知らなかったと言うべきか。

幸いなことにクレールは傭兵としても相当腕が立つほうだったようで、エルゼのお墨付きを貰っての決定となった。

「ナオーク様、これからどちらに参りますか？」

「まずはこの森をまっすぐ行ってみようと思ってます。しばらくすれば、何かしらの町に当たるはずなんで」

そうして俺たちは、アリーナ様たちのいる本隊から離れての行動を開始した。

そして二時間ほどで、俺たちは一つ目の町に辿り着いた。

「ちぃっとばかり、思ったよりは時間がかかったか？」

「申し訳ありません……。こんなに険《けわ》しい道だとは。わたくしのせいで遅れてしまうなんて……」

「鍛えているわけじゃないですからね、仕方ないですよ。それに、カティアさんはこの作戦の要《かなめ》ですから。むしろ俺たちのほうこそ、カティアさんの歩調に合わせなきゃいけませんでした……。そうだ、とりあえず休憩にしましょう」

歩き詰めだったことだし、本格的に活動を行う前に腰を落ち着かせて休みたいというのは本音だ。

「そうだな、ナオークとカティアにはこれから働いて貰わないといけねぇからな。ちょっと待ってろ、すぐに飯を作ってやるから」

テキパキと荷物を解いたクレールは、荷物から調理道具を取り出すと、火をおこしはじめた。

「こんなところで火を焚いて、大丈夫なんですかね？」

「まあ大丈夫だろ。火事にするために火をつけてるわけじゃねえし、魔族だって野営で火を使う機会も多いはずだぜ？　今は合戦中だしな。そんなに気にしなくても、そうそう見つからねぇよ」

そんなことよりも調理を手伝えと、クレールは俺にナイフを一本手渡してきた。

「野菜切れ、野菜。オレはさっきそっちで見つけた川から、水を汲んでくるわ」

「ちょっと！　この辺りでひとりになるのはさすがに……！　あぁ、もう……」

俺の警告などまるで聞こえなかったかのように、手の平をひらひらとさせてクレールは行ってしまった。しょうがないな……と俺は目の前に出された野菜を細かく切っていくことにした。

「ナオーク様、お手伝いします」

「ありがとうございます」

ふたりで手分けして野菜を切り終わったところで、ちょうどクレールが帰ってきた。

「あの……その手に持ってる草はなんですか？」

「おう、水場に食べられる野草があったから取ってきた。これも切っとけ」

しれっとそう言うと、クレール自身は干し肉の調理に勤《いそ》しみ始めた。

クレールから渡されたその草には、見覚えがあった。

(確かに、魔族にとっても食用にしている水草だけど……)

その水草は、葉が傷つくとぬめぬめした粘液を出すことで有名な、動くタイプの植物だった。千切られた根の部分から粘液が分泌されていることからも、それは明らかだ。

(――これを、カティアさんに食べさせる……のか?)

水草は自身の新鮮さをアピールするかのように、ゆっくりと葉を動かしていた。さらに、ときたまぷくぷくと細かい泡を出している。流石に、食用だから身体に害はないだろうけど……。

ちらりとカティアさんの様子を見ると、

「むむむっ……ぱくっ」

と、興味津々で咥えてしまったカティアさんの姿があった。

水草を少し千切って、味見してしまっているようだ。

「ナオーク様……この水草、とても美味しいですよ」

ヒソヒソ話をするような感じで口元を隠しながら、その事実を俺に伝えてきた。俺の心配など杞憂であると、カティアさんにまでダメ押されているようにも感じられた。

「そ……そうですか。でも……あの、気持ち悪かったりはしませんか?」

「そんなことありません。こういった異文化には積極的に触れていくのも、神様の教えとしてございます。気持ち悪いなんて……とんでもありません!」

決して馬鹿にするわけではないが、カティアさんの信仰する神様は魔族やその文化に、どれほど興味があったというのだろうか。緩すぎるのではとさえ思えてきた。

「そ、そうですか。じゃあ、心置きなく調理できますね！」

なんにせよ、食べられるなら問題ないのだ。

そんな雑談を交えながら順調に調理は進み、すぐにパンとスープの食事が目の前に広がった。

※　※　※

ドタバタした休憩を終えた俺たちは、日が沈む前に少しでも協力的だったり、反戦的な魔族を探し出すため、最初の活動場所となる街へと潜入した。

魔族にも人間のように、街で普通に暮らす者たちもいる。俺の出身地であるオーク村は、種族で固まって住んでいたが、ばらばらに生活する魔族も多いのだ。

種族で固まってしまうと、どうしても族長達の意見が強い。好戦的な魔王への不満を持つ者を探すなら、こういった街が適切だった。そこから、同じような意見の魔族たちをたどっていくのが、よいだろうと思っている。

話しかけやすそうな魔族を見つけては、魔王の統治に非協力的な奴がいないか、それとなく聞いていく。もちろん直接聞きはしないが、前線に近いここならとくに、相手もそういった話題にのってきやすい。雑談のなかで少しずつ、探りを入れていった。

主に聞き込みを行うのは俺の仕事だ。オークならたいていの魔族はそれほど警戒しない。

カティアさんとクレールが下手に魔族と接触して、人間であることがバレたら、目も当てられない事態になってしまうだろう。

可能な限り多くの相手に聞いていくと、一匹のゴブリンから有力な情報を仕入れることに成功した。

曰く「あぁ、そういう奴なら知ってるぜ？　西の山を二つほど超えた谷に住むガルーダよ。あいつぁ元々いけ好かねぇ奴だったんだよ。毎回毎回なぁんか頭の良さそうなことを言って俺っちたちを馬鹿にしやがるんだ。そいつがさ、魔王様の戦好きにはほとほと呆れたから、反旗を翻す機会を狙ってるっつぅ噂が立ってんのよ。オークの兄ちゃん、そいつを懲らしめに行ってくれるんだろ？へっへっ、よろしく頼むぜ本当によぉ」

その情報を頼りに慎重に調べてみると、たしかにガルーダは怪しまれるだけの言動を繰り返していたし、実際に組織力もあるようだった。

せっかくの手がかりを無駄にすまいと谷まで赴くと、そこには確かにガルーダという男がいた。

「オークなんぞが、俺になんの用事だ」

突然現れた俺たちは、当然のごとく警戒される。

「率直に言いますが、あなたが反魔王派だという噂を耳にして、足を運ばせてもらったんです」

「……そうだとしたら、どうするというのだ？　どうやらただのオークではなさそうだが、貴様の取り柄の筋肉で俺を殴り殺すとでもいうのか？」

やはり、話題が話題だけに、かなりぴりぴりとした空気があたりを漂う。

「違います！　俺たちはあなたに協力してもらいたいと思ってここまで来たんです！」

「協力だと……？　ほんとうに、おかしなオークだな」

首を傾げるガルーダ。

「カティアさん、お願いします」

後ろに控えていたカティアさんを呼び、俺たちは正体を明かした。

そして、今起こっていることをすべて伝えたうえで、彼に協力を持ちかける。

「ふむ……話は分かった。……魔族と人間が共に暮らす世界……確かに良いものかも知れない。しかし、それはシスター殿の理想であり、他の人間にとってはどうなのであろうな」

カティアさんの話を聞くうちに、俺たちが彼に危害を加えることはないと分かって貰えたのだろう。ファーストコンタクトのときにあった剣呑な雰囲気は、随分と柔らかいものになっていた。

しかし、それと同時に同盟軍の計画と、カティアさんの思いが別々のところにあることも、すぐに見抜かれてしまった。

「それは……」

カティアさんは、その言葉に反論できず、涙を浮かべて俯いてしまった。交渉中での横やりは、あまりやるべきではないと分かりつつも、俺は助け船を出す。

「同盟軍のトップふたりは人間の姫とエルフ王女ですが、俺が魔物であることを完全に受け入れてくれています。確かに、人間たちの全員が全員そう……というわけにはいきませんが、その環境を整えてくれると俺は信じています！　だから、そのための手伝いを、是非していただけたらと！」

俺は地面に手をついて、頭を下げた。

戦はもう始まっていて、事は急を要する。それはお互いに理解していた。

「……うぅむ」とガルーダは腕を組んで考え始める。幾度かカティアさんや俺を見たあと、ガルーダは「……分かった。協力しよう」と頷いてくれたのだった。

第六話
蓄積された瘴気

それからは、ガルーダから教えてもらった情報を頼りに、仲間になってくれそうな魔族の元への訪問を行っていった。計画どおりといえる展開だ。

ガルーダの顔は意外と広く、それこそ、魔界全土に渡っての勧誘活動だった。

「いや〜、しかしかなり捗《はかど》りましたね、仲間集め。秘密も守れていそうだし」

活動も一区切りし、俺とカティアさんのふたりはガルーダの住居の一室でお茶を嗜《たしな》んでいた。

「はい！　それもすべて、ガルーダ様のおかげです！」

ガルーダの元を訪れてからの数日間は、借りた大鷲の背中に乗って西へ東へと大忙しだった。

何度か危険な目にもあったが、クレールの胆力と戦闘技術によって窮地を乗り越えてきた。やっぱり、荒事への機転が利くクレールを連れてきたのは大正解だったようだ。

「今回の活動では、多くの魔族の方たちに教義もご理解いただけたようで、本当に嬉しいです」

とても嬉しそうに話すカティアさんの笑顔は、それだけで人を幸せにできそうなものだった。

「今日もこれから各地を回るんでしたっけ」

「ええ、ありがたいことにガルーダ様が、また色々な方とお話しできる機会を作ってくださって……あっ」

急に、カティアさんの足から力が抜けた。

「だ、大丈夫ですか!?」

地面にへたり込んだカティアさんの顔色は、あまり芳《かんば》しくない。おでこに手を当ててみると、触っただけですぐに分かるほどの熱を帯びていた。

「多忙の疲れが出たんですかね……とにかく、安静にしてないと」

カティアさんの目は、熱に浮かされているのか、トロンと垂れ下がっている。足下もおぼつかないのか、俺の腕をぎゅっと握りしめて離してくれない。

「な……ナオーク様……わたくしは……」

「交渉に行きたいって言うんでしょうけど、ここは流石に我慢してください。アリーナ様たちからの連絡もまだありませんし、しっかり治してからでも、まだまだ色々な場所を回れますから」

「そ……そうではないのです……が。も、申し訳ありません……」

と震える指でベッドを指さした。俺は急いでカティアさんをベッドへと運ぶ。

その直後、カティアさんは俺の首に腕を回して、身体ごとベッドへと引きずり込んだ。

「か……カティアさん、なにを……」

「あ……あのわたくし、喉が渇いてしまいました」

そう言うと、カティアさんは必死に俺の股間部分をまさぐり、ペニスを引きずり出そうとしていた。

この反応は……まさか。俺は明らかに様子のおかしいカティアさんに、見覚えがあった。

忘れもしない、それはカティアさんと出会ったとき。魔物の瘴気に当てられたカティアさんは、我を忘れて俺をベッドに押し倒したのだ。

あのときのことは、忘れようもない。なにせカティアさんとの出会いを思い出すこととその出来事はほとんどセットみたいなものだ。

(そうか……ここは魔族の領地……。瘴気が多いこんな場所にいたら、ただでさえ瘴気に当たりやすいカティアさんなら……そうなるか)

完全に俺の不注意だ……。

「や……やっとナオーク様のおちんちん様が出てきましたぁ♥」

そして俺の息子は、抵抗する間もなく明るみへと誘われた。

「あら……まだ勃起されていませんね……。うふふ、それでもこの大きさなんて……ナオーク様は本当に男らしいです♥」

カティアさんはまだ柔らかいペニスを手の平に置き、しげしげと眺めはじめた。なまこのように力なく、細い指の上に収まっている。

「はぁ……？　濃いザーメンの匂いが漂ってきます……。美味しそう……♥」

うっとりとした視線がペニスへと突き刺さり、俺はなんだか気恥ずかしくなった。こんな気持ちになったのは、久しぶりだった。

「……もう……我慢出来ません♥　ナオーク様のおちんちん……いただきますね♥」

ふにゃふにゃのペニスを横から咥えたので、端から飛び出たペニスがぷらんとぶら下がる。

「ふふ……じゅぽっ」

「うあっ！」

カティアさんは口元を移動させ、はみ出ていたペニスを強引に吸い込み、口内へと収めてしまった。亀頭部分がしっとりとした唇に擦れながら入り込み、挿入感で俺は思わず声をあげてしまう。

「んぢゅっ……んぢゅ……じゅぱ」

口内いっぱいに涎を貯めたカティアさんは、いやらしい音を立てながら俺のペニスに吸いついてくる。

「あぐっ……カティアさ……」

「んちゅ……気持ちいいれふか……ナオーク様……♥」

ぬめる舌がペニスに絡まっているのだから、気持ち良くないわけがない。

「はい……すごく……気持ちいいです……」

人肌よりも少し熱い舌が、亀頭をざらりと削るように舐め上げる。

まるで、ヤスリのような猫の舌を思わせる危機感と共にやってくる快楽が、たまらない。

「裏スジも……ひゅるっ、ろうれすかぁ♥」

「おっ……おあああっ……！」

毛羽だった細かい溝が、ピンと張った筋を弾く。その刺激に、先端からぴゅるっ——と、透明な汁が飛び出した。

「あんっ……お口の天井に……先走り汁が当たりました……♥ 精子の味が少しして……たまりません♥ もっと……ください……」

「うっ……くぅうう!!」

その味で更にスイッチが入ったのか、カティアさんは尿道の奥に生成された我慢汁を根こそぎ吸う勢いで、吸引しはじめた。

「ずぞぞっ！ ずじゅううう!! ぷはっ、ふぅ♥ ナオーク様のちんこストローは飲み応えがあります……。いくら吸っても、精子まで吸い出せません♥　ナオーク様ったら、本当に意地悪なんですから♥」

「だ……射精《だ》さないようにするだけで……精一杯です……」

「ふふ♥　我慢なさらずに、射精してしまっていいんですよ。わたくしの顔にザーメンシャワー浴びせたいと思っているんじゃありませんか♥　この顔を、いっぱい汚したいと思っているのでは♥」

「そ……んな酷いこと……思ってもないです……」

「そうですか♥　でも……ナオーク様のおちんちんは先ほどから力強く脈打って、気持ちいいお汁を吐き出したいと言っているみたいですよ♥　ほら……もっとわたくしの口の中を、自由にかき回してみてください……おぐっ」

カティアさんはペニスを飲み込むように、喉の奥へと押し込んだ。

俺のペニスは恥ずかしげもなくビクビクと脈動して、カティアさんの内頬を打つ。柔らかい頬肉は、亀頭を包み込むように形を変えた。じんわりと滲み出る涎が竿にまで絡み、全体を濡らしていく。

「おおあああっ……!!」

「んっ♥」

圧迫感がくるのと同時に、カティアさんが俺の竿に歯を立てていた。

「うっ……あぁ……」

「わふぁりますか……♥　ナオークひゃまの肉竿……むちむちしてまひゅ♥」

ペニスがびくりと跳ねるたびに歯が当たった。股間に痛みが走るが、その痛みすら気持ちよさへと変換されてしまう。

「か……カティアさん……おっ、お願いがぁ……」

「ふぁい……。なんれも言っれくらさい……♥　わらくひに出来ることれしたら……なんれもしまふから……♥」

「も……もっとキツく噛んで……ください！」

「あふっ……いいんれすか……♥」

流石にペニスを強く噛むというのは機能問題的に心配だったのだろう。不安そうに俺に視線を流した。

「大丈夫……です……から……！　そうしてくれないとぉ……」

睾丸の爆発準備は、すでに整っている。あと一押しがあれば……もういつでも発射出来る状況だ。なら、最後の一押しの刺激は、そういうものでありたかった。

「じゅぶぼおおおお!!」

俺の確固たる意思を受け取ったのか、カティアさんはペニスに視線を移すと猛烈な勢いでバキュームを始めた。

奥へと吸い込まれたペニスは喉によってぎゅっと締めつけられ、カティアさんの歯が俺の希望どおりにペニスの根元をガッチリと捉えていた。

「ほおおお!!　あっ……おっ……お願いしまっ……すぅうう!!」

「んぐぅ……!!」

俺の合図と共に、カティアさんは根元へと全力で噛みついた。

「いぎいいぃいいん!!」

歯形が残ってしまうほどの力が込められ、エナメル質が海綿体へとめり込んだ。

痛みという名の快感が突き抜け、弾ける。目一杯膨張したペニスは、睾丸に詰め込まれた精子を尿道へと送り込み、カティアさんの口内へと吐き出された。

「うぶぅっ!!」

大量の精子がシスターの口内を逆流し、鼻の穴から飛び出した。それでもまだまだ止まらない射精によって、口元からも勢いよく精子が盛れ出た。

「んぐっ……はぁ……あああぁ!! な、ナオーク様のザー汁ぅ……頭がパチパチしますぅ♥」

口の端から精子を垂らしながらカティアさんは、恍惚の表情を浮かべていた。

第七話　疼く聖職者

「ナオーク様……わたくし……余計に身体が火照ってきてしまいました……♥」

カティアさんは俺のお腹から乳首にかけてを、べっとりと舐めあげた。

ぞくぞくと背筋が凍り、全身に鳥肌が立つ。

「ナオーク様は確か乳首が気持ちよくなれるのでしたね……？　ぺちゃっ、れろ」

直前まで俺のペニスを舐めていた舌が、べろべろと胸の突起を舐め回す。

「はぁんっ!!　う……ああ……ああ、うっくぅ!!　カ……カティアさんんっ!!」

舌が俺の乳輪の縁を何度もなぞり、どうしようもない切なさに襲われて、歯を食いしばった。その絶妙な舌テクに、ズキズキと主張していたペニスの痛みを気にしている余裕がないほどだ。

「ぺちゃぺちゅぺちゅ、んっナオーク様♥　出したばかりだというのに……もう興奮しているのですね……。あんなに噛まれたというのに、乳首で焦らされるだけですぐに勃起してしまうなんて……ダメおちんぽ様……れろれろれろっ!!」

俺の節操のない勃起を嗜《たしな》めるように、カティアさんは舌で高速ビンタする。甘い刺激は途端に電流となって俺の脳みそをかき回した。

「まだおちんちんには何もしていないのに、ダラダラとお汁を垂らして……本当に乳首を弄られるのがお好きなんですね♥　でしたら、こんなのはいかがですか♥　んじゅううううっ!!」

カティアさんはいきなり、俺の乳首がちぎれるのではないかというほどの力で吸いついてきた。

「ちッ!!　乳首ぃいい!!　取れるぅうう!!」

「ジュッッポン!!　ふふふ、凄い反応ですね。そんな可愛いナオーク様を見ていたら、わたくし、もう抑えきれません♥　触ってみてください、ナオーク様のデカマラを舐めてるときから、おまんこからエッチなお汁が止まらないんです」

俺の腕を優しく取ったカティアさんは、自分のワレメへと指をあてがわせた。言うとおりで、カティアさんのまんこはもう、いくらでも形を変えられそうなほどぐじゅぐじゅになっていた。

「んんっ!!　ナオーク様の指……とっても太い……♥　でも、それだけじゃ……満足出来ません。はっ、早くわたくしに、おちんちん突き刺してください！」

カティアさんは俺に許可を求めながらも、一切その返事を待つことなくいそいそと、ずぶ濡れになったワレメにペニスを差し込んだ。

「んんんっ!!　な、ナオーク様のおちんちんで、わたくしの中が満たされていきます♥」

極限まで柔らかくなっていた膣内に、最奥までペニスが送り込まれた。子宮口と鈴口が合わさり、粘膜同士による挨拶代わりのキスが完了する。しかし、その時間も束の間だ。快楽に飢えたカティアさんは、すぐに腰を上へと持ち上げ、膣壁を擦った。

「ああアッ！　んふぅ……♥　軽くこするだけでお腹に響きます♥　な、ナオーク様も動いてください♥　わたくしを狂わせてください！　どんなに乱暴にしてもいいですから！　はやくぅ」

「は……はい！　う、動きますよ！」

向かい合ったカティアさんは、バランスを崩さないように俺の首へと腕を回した。密着とまではいかないが、ここまで近づくと俺の胸板に、カティアさんの大きなおっぱいが自然とくっついてしまう。柔らかなおっぱいの中心に少しだけ固いしこりがあり、それが俺のしこり部分と合わさり、下腹部以外からも快感が襲った。

その刺激を意識しないようにしながら、俺はカティアさんとは少し違うリズムで腰を突き上げる。

「あふぅう!! そ、ううう……あひっ♥ どんどん気持ち良くなってしまいます♥ おまんこ、わたくしのおまんこ、ぐじゅぐじゅになってます♥」

「お……俺も……凄く気持ちいいです」

「ナオーク様、キスしましょう……わたくしのお口も……ナオーク様のお口で犯してください♥」

「は……はい」

俺はいつもの癖で舌を突きだし、カティアさんから咥えられるのを待った。

「ナオーク様ったら♥ あむっ……ちゅるっ」

カティアさん的には、口の中は俺に犯して貰いたかったようだが、それでも嬉しそうに俺の舌を咥えてくれた。舌と舌が絡まり合い、お互いの体温が溶け合った。

俺はキスに意識を集中しながら、本能の部分で腰を振り続ける。

膣とペニスはディープキスで溶け合った舌同士とは違い、お互いに自己主張し合っている。どちらも自分が気持ち良くなるためだけに、動き合っていた。

「んむぅう♥ ナオークしゃま♥ ン、あひっ、ら、らめぇ……」

そのせいか、俺の腰の動きは段々と速くなっていく。カティアさんもそれに負けじとお尻を上下させる。それでもやはり、オークである俺の動きにはついてこれなかったようだ。カティアさんの動きは次第に俺の突き上げに合わせて、微妙に腰を動かす程度になっていった。

「ナオーク様のおちんちん攻撃で……こ、腰が抜けてしまいました♥」

「カティアさんがエッチだから……つい力が入っちゃいました」

「あんんっ……大丈……夫ですっ♥　もっと乱暴にしてもいいですから、好きに動いてください」

カティアさんはそう言うと、強く俺の舌に吸いついてきた。急激に口内が圧迫されたことで、呼吸が阻害される。肺に溜まっている空気がなくなりかけ、視界に白く霧がかかる。

それでも俺は朦朧《もうろう》とした意識のなかで、高速ピストンを続けた。

「……ッ♥　……ッッ♥♥　……ンンッ♥」

ついにカティアさんは、俺の突き上げに声をあげることも出来なくなったようだ。子宮に押し込まれるペニスの振動に合わせて吐息を漏らすだけ。

その熱っぽい吐息はダイレクトに俺の口内へと侵入してきて、それがまた余計に俺の意識を刈り取っていく。

「ツッ？　……ふっ♥　あっ、はっ♥　じゅぷっちゅぱっちゅ♥」

溜まりに溜まった涎が垂れて、ぽたぽたと落ちて服を汚していく。

「アッ……ああ……あああ!!　んおおあ!!」

絶え間なく子宮を亀頭で叩きつけていると、突然カティアさんは唇を離した。適度な距離を取ったことではっきりと見えるようになったカティアさんの視線は、俺を通り越してその先を見ているようだった。

だがそうやって呆然としながら、口の端から涎を垂らすカティアさんの顔を見た俺は、更に下半

身を固くさせてしまう。

「んふぅん!!　な……何も考えられなくぅ!!　なって……!!　ナオーく……さまぁ!!」

ひたすら野性的にまんこを突いたことで、カティアさんの秘部の隙間からは、透明な体液に混ざって、白く濁ったものが零れ始めていた。

「……ンンッ!!　だッ！　ダメッ！　ナオーク様!!　わた、わたくし!!　き……きます！　ナオーク様に子宮を何度も叩かれて、イってしまいます！　子宮の奥から……なにか昇って！　あああああああ!!」

そしてついに、臨界点を超えたカティアさんは、頭を後方に倒した。

逃げ場のない快楽の波を、それでもどこかへ逃がそうとして身体を反らし、上を向いた口からはピンと舌が伸ばされた。

密着していた身体が離れたことで、俺の目にはカティアさんの上半身まで映るようになる。激しい上下運動に、自由になったおっぱいが揺れる。

上下に高速移動するたわわな塊に、思わず視線が吸い込まれた。

「んんおおおお!!」

「カティアさん！」

仰け反りすぎてバランスを崩したカティアさんの背中に手を回す。

だが、しっかりと身体を支えたことで力を込めやすくなった俺は、カティアさんの苦しそうな声をほとんど無視して、むしろペニスを突き込んでしまう。

「ふんっ！　ふんっ!!　ふんんっ！」

高速だったピストンも、俺のペニスをさらに喜ばせるような、深い一突き一突きへと移行している。

「ひぃッ！　子宮ッ！　お腹の中に!!　埋め込まれてしまいそっ!!　おおおおおおおお!!」

ぶるぶると全身震えだしたことが、手から伝わってきた。

本当に、もう少しで絶頂をむかえる合図だ。

俺はそこで、一度ピストンを止めた。

「な……ナオーク……様……」

荒い息を吐きながら、カティアさんが俺と腕を交差させるようにして、腰へと手を回してきた。

「おね……!!　お願いし、……まぁああ!!」

「ふぅ……それじゃあ……いきますよ!!」

「いっ……!!　イクぅ!!　イってしまいますううう!!」

ひときわ力強く。

それこそ腹を内側から突き破るようなイメージで、ペニスを奥の奥へと押し込んだ。

第八話
匂いに包まれて

「あッ……ああ……」

「だ……大丈夫ですか？」

上を向いたまま痙攣し続けているカティアさんを心配して、俺はそっと肩へ手を置いた。

「んっん!!　あああっあああ〜……」

途端、全身を痙攣させながら、言葉にもならない声が漏れる。

「……いまっ……触られ、たらぁ……気持ち良くなってしまいますからぁ……♥」

「一度休みますか？」

瘴気に当てられたカティアさんの体力が保つかどうか……。心配して聞いてみるが、カティアさんは力なく首を振った。

「わた、わたくしだけ……気持ち良くっ♥　なってしまうなんて悪いです……続けましょう♥」

「お、俺は……でもあまり無理をするのは……」

「大丈夫です。迷惑をかけてしまったのはわたくしですから……。襲ったみたいになってしまって、申し訳ないと思っているのです……」

そう言ってしなだれかかってくるカティアさんは、激しく息を乱してはいるが、本当に無理はしていないようだった。

「身体からは、瘴気もほとんど抜けておりますけど……まだ多少疼きが収まりきっていませんので」

正直ここまでやって最後までイケないのは消化不良感が否めない。

カティアさんの子宮も、まだまだ満足しきっていないようだ。

「……それじゃあ」

カティアさんにここまで言われたのだ。男の俺が日和ってどうするっていうんだ。

「分かりました……それじゃあ、とりあえず一度、抜きますね」

「はい……満足するように動いてください♥　んっんんぅ！」

突き入れていた腰を引き、上へと押し上げていた子宮を元の位置まで戻す。

「まって……腰が……んっ？　あああ！　な、ナオーク様あああああ!!」

敏感になっている膣内では、少しでも動くものがあればすべて、悦楽へと変換されてしまうようだった。いつもより密着度の低い膣内ではあるが、それでも馴染み方は凄くよく、すぐにみっちりとした肉感を俺に伝えてきた。

カティアさんは満足するように動いていいと言ったが、流石にさっきみたいな激しい突きは避けていきたかった。

「はっはっ……！　あいうううう♥　ひっ……あそこが引きずり出されそうです♥」

ゆっくりと引き抜いてもこうなのだ、さっきと同じように勢いよくピストンなんてすれば、それこそ白目を剥いて気絶してしまうだろう。

「ああ♥　うくぅぅ……♥　いやぁ……♥　そんなゆっくりなんてぇ……いじわるです♥」

その欲求に呼応するように、膣壁が蠢いた。もっと激しく動けというように波打っている。カティアさんが腰を抜かしているおかげで、自分からは動けないのは幸いか。

それでも腰をゆっくりとグラインドさせて、俺を喜ばせようとしているのは素直に嬉しい。

「な、ナオークしゃま……どうですか？」

「くぅ……な、膣内《なか》が複雑に蠢いてて……予想外の場所が刺激されるの、すごくいいです」

「よかったです♥」

「うふぅっ！」

俺の言葉がそんなに嬉しかったのか、カティアさんの膣内がキュキュッと絞まった。

少し緩い程度で張り付いていた肉壁が、キツいと言えるくらいまで引き締まり、もっちりした肉がペニスを包み込む。

全方位から圧迫されたペニスは、簡単に登り詰めそうになる。

だけど、そこはぐっと我慢した。

(カティアさんは、まだ身体が疼くって言っていたし……)

瘴気が残留していて、まだ性的に興奮しているということだ。なら、それを鎮めてあげなければ、身体にどんな影響が残ってしまうか分からない。

「ナオークさま……、おまんこ以外も……お願いします？　はぁ……はっ……あぁ……？」

視線を落とすと、カティアさんの乳首はこれでもかというくらいビンビンに勃っていた。

真っ白なカティアさんの肌は、興奮とセックスで朱色に染まっている。

しかも、未だに絶頂の余韻が残っているのか小刻みに震えていて、その乳首はすぐにでも吸いついてくれと主張しているようにも見える。

「例えば……こことか、ですか」

ソレを確認して、俺の親指がぶにゅり――とパンパンに膨れた乳首を押し込んだ。

「は、はい。そこをピンって弾いてほしいです……」

「やっぱり……」

肌に食い込ませた突起を、指先でくりくりと捏ねる。

「んんっ……そ、それぇ♥」

良い反応だ。俺は空いた手でも乳首を弄った。両乳首を捏ねられたカティアさんは、唇を噛んだ。

「んぐ……乳首とおまんこ同時に責められるの……凄いです……♥ 気持ちいいの……どんどん子宮に溜まってきてます！ さっきイッたばかりの子宮がジンジンして、また凄いのきそうす！ す、凄く……お腹が熱くて……ど……どうなってしまうのでしょうか……ああああ……♥♥ だ……も、ダメ……♥」

顔まで真っ赤にしている。

垂れ下がった目尻や眉、恥ずかしげに潤んだ瞳は、もしサディスティックな性格の人間が見たら、一瞬のうちに嗜虐心をそそられるだろう、そんな表情だった。

その表情を見た途端、俺の股間が隆起した。

こんなに必死に尽くしてくれる人を苛めたいだなんて、俺にはとうてい理解出来ない考えだ。

「な……ナオークさまぁ♥ も、もうしっ、申し訳ありません♥ わ、わたくし、おまんこ突かれながら、乳首でイッちゃいそうです♥ 乳首コネコネされてるのがおまんこに響いて、乳首アクメしちゃいます♥♥ い、いいですか!? わたくしぃ♥ 乳首で子宮アクメ決めちゃってもぉ……い

「ひっ！　いいですぅ……かぁ♥　ナオーク様より先にぃ♥　でも……でもぉ♥　が、我慢……出来なくてぇ♥♥」

カティアさんはくねくねとお尻をグラインドさせ、俺のペニスにおねだりをしてくる。

「大丈夫です……お、俺も……エッチなカティアさんのまんこでの射精……もう我慢出来ません！」

いやらしく動くカティアさんの中心へと、俺は今にもはち切れそうなペニスを、ぐりぐりとねじ込んでいく。

「で、でしたらぁ♥　一緒に♥　一緒にアクメしましょう♥　おまんことおちんちんを気持ち良くさせましょぉ♥」

「はい！　一緒にイキます！」

フィニッシュをふたり同時に決めるため、俺は深く深くペニスを突き入れた。熟れたまんこはそれだけでペニスへまとわりつき、限界近く膨張した肉茎を射精へと誘《いざな》った。

「おほおおお♥♥　あああぁぁあ??　おまんこから来ます♥　おまんこシャワーがぁ♥　おまんこシャワーが溢れちゃいますううううう♥」

「うぐうう!!　俺も出ます!!　カティアさんのおまんこで気持ち良くなって!!　射精します!!」

ひときわ激しく膣が痙攣した。

それと同時に、俺もカティアさんの子宮へ向けて濃厚な精液を吐き出す。

「射精……きてます♥　ナオーク様の精液ぃ……♥」

カティアさんの全身から力が抜けて、膣圧も元に戻っていく。

その脱力と共に、挿入口の少し上あたりから透明な液体を勢いよく漏らした。

力が抜けたことで、膀胱も緩んでしまったようだった。

俺は水鉄砲のように勢いよく噴き出して、下腹部を濡らす潮を受け止める。

「うぅ……申し訳ありません……ナオークっしゃま……♥　乳首でアクメしてぇ……ナオークしゃまにおまんこ汁ぅ……かけてしまいましたぁ……♥」

全身の筋肉を弛緩させてしまい、完全に俺によりかかったカティアさんは、もう微動だにできそうになかった。

「すぅ～……はぁ……♥　ナオークしゃまの匂い♥　しゅごいでしゅぅ♥」

なんとか顔だけ動かしたカティアさんは、胸一杯に俺の匂いを吸い込んでいる。

何を好《す》き好《この》んで、俺の匂いなんて嗅ぐ必要があるのだろうか……。

不思議な行動を取るカティアさんに、俺は首を傾げた。

第九話
更なる作戦

行為を終えると、疲れが出たのかカティアさんは気を失うようにして眠ってしまった。

俺は一度部屋から出ると、カティアさんの体調が悪いことをガルーダたちに伝えた。

「そうか、仕方あるまい。シスター殿にはしっかり休んでもらおう」

ガルーダもとくに文句は言わず、カティアさんを休ませることに決まる。

俺は時間をおいてから、また部屋の様子を見に行った。

「気分はどうですか、カティアさん」

「はい、もう大丈夫です。ご迷惑をおかけしてしまって……すみません」

「何言ってるんですか、俺たちのなかで一番頑張ってるじゃないですか。それにこの仲間集めも、カティアさんがいなくちゃ、作戦自体なかったわけですから」

「そんなことありません……わたくしなんて、皆様に比べたら何にもしていないようなものです。今日も……結果的に休むことになってしまいましたし……」

本気でそう思っているのか、カティアさんは申し訳なさそうに顔を伏せてしまった。

「そんなことないですって！　カティアさんが真摯に魔族たちと会話してくれなかったら、きっとこんなに良い結果にはなっていないですよ」

休戦はともかく、人間やエルフとの調和という条件を納得してもらうのは、カティアさんの話術があってこそだった。いくら魔王に反発していようと、人間と組むのを嫌がる魔族は多い。

実際に話し合いの場を設けた魔族のなかにも、カティアさんやクレールを見ると露骨に嫌悪感を示す者たちが多かった。すぐに帰ろうとする奴までいたほどだ。

だけど、そんな対応をされても嫌な顔一つせず真剣に自分の想いをぶつけたことで、心を動かされた魔族も多かったはずだ。

「今日はしっかり休んで、また頑張りましょう」

「そうですね……。身体を壊してしまっては元も子もありませんよね。ありがとうございます、ナオーク様」

カティアさんはいつものように、ふんわりした笑顔を浮かべた。

※　※　※

それからさらに二日後。

「ふぅ……やっと着きましたね」

「ようやくの合流だな」

「わたくしが同盟軍の役に立てるなんて、嬉しいです」

俺たち三人は崖の上から、同盟軍の休憩地として整備されたキャンプ場を見下ろしていた。

「それじゃあ降りましょうか。すぐにアリーナ様たちに結果を報告しないと」

「ちょうど、飯時だしな」

交渉で味方になってくれた大勢の魔族を引き連れて崖を降りると、まっすぐにアリーナ様の元へと向かった。すぐに参加できるという魔族には、ついてきてもらったのだ。

キャンプ地の真ん中に堂々と建てられたテントの中へと入ると、エルゼが地図を睨みながら、パンを無造作に口の中へと放り込んでいた。

「エルゼ！　今帰りました！」

「む!?　ナオークか！」

思考中にいきなり声を掛けられたエルゼは、パンを取りこぼしながら顔を上げた。

「無事だったようだな。よし、三人ともそこに座って詳しく話を聞かせてくれ」

促されるまま席につき、仲間集めが順調に進んでいったことを伝えた。

「なるほど、予想以上だ。最高の結果と言っても良いだろう。やはり、カティア殿に頼んで正解だった、本当に感謝する。クレール殿もすまないな。貴女の性格なら、もっと暴れられる場所のほうがよかっただろう？」

「気にしてねぇって。ナオークとカティアと話してるだけでも、毎日楽しかったしな」

この別働隊で唯一の心配だったカティアさんとクレールの相性問題は、早々に解決していた。カティアさんが人見知りしない性格だったのが大きい。だがそれだけでなく、お互いにまったく反対の性格をしていたのが、むしろ幸いしたのかもしれない。

何でも興味深く話を聞いてくるカティアさんを、クレールも無下にはできなかったんだろう。

「ナオーク、お前にも迷惑掛けたな」

「俺は何にもしてないですよ。エルゼに言われたとおりにしただけですから」

実際に話をつけたのはカティアさんで、その身辺を守ったのはクレールだ。俺は本当について行っただけになってしまった。

「ふ、ナオークらしいな。さて、ならば新しく手に入れた戦力を組み入れた作戦を立てなくてはな」

エルゼは嬉しそうに紙とペンを取り出すと、ものすごい速さで何事かを書き始めた。こうなったらエルゼはもう止まらない。アリーナ様がどこにいるのかくらい聞きたかったが、仕方なしか。

「カティアさんとクレールは、これからはどうします？」

「オレはまず飯だな。その後は次の戦闘に備えて武器の整備しとかねぇと」

「わたくしは魔族の皆様に、もう一度ご挨拶をして回ろうと思っております」

「じゃあ、とりあえず解散ってことですね。俺はアリーナ様に会いに行こうと思うんで」

ということで、それぞれのやることのために別れてテントを出た。

しかし、アリーナ様ならてっきりエルゼと一緒にいるものだと思っていたので、どこを探せば良いのかまったく検討もつかない。もしかしたら、テントの中で待っていたほうがよかったか？と出てきた後で思いつく。

（まあでも、ここら辺を歩いていれば会えるでしょ。たとえば……）

キョロキョロと当たりを見渡して、アリーナ様がいそうな場所を探す。すると、炊き出しを行っている一角を見付けた。

なんの気なしにそこへ向かってみる。アリーナ様が食い意地張っているというわけではないが、連日戦闘を続けているなら、疲れてご飯をいっぱい食べたくなっているだろうと思ったのだ。

「あっ、いた」

はたして、俺の直感は見事に的中した。アリーナ様は兵士たちと楽しげに話をしながら、食事中だった。

(む……)

それだけのことなのに、なんだか無性に腹が立った。

「アリーナ様！」

「ナオーク!? ちょっと帰ってきてたなら言いなさいよ！ ん……？ どうしたのよ、珍しく表情が険しいわよ？」

「なんでもないです……」

「そんなふうには見えないけど……。まあいいわ、ご飯もちょうど食べ終わったのよ。一緒に戻りましょ。エルゼも心配してたわよ」

「あ、すみません。エルゼには先に会って、報告しちゃいました。中央に大きいテントが見えたんで、アリーナ様もそこにいるかと思って」

「あぁ、そうなんだ。じゃあ戻ることになるけどいいわよね」

アリーナ様は俺の手を引いて歩き出す。来た道を戻ることになってしまったわけだが、そんなことよりも俺には気になることがあった。

(アリーナ様……久々に会うっていうのに、いつもどおりだな……)

俺なんて、どれだけ楽しみにしていたことか。昨日の夜なんか、まともに眠れなかったくらいなのに……。俺の手を引いて歩いて行くアリーナ様は普段と変わらない。もっと喜んでくれても良いんじゃないか？ と思ってしまうほど、普段と変わらない。

それもアリーナ様らしいといえばらしいが……。

(それでも、もうちょっと喜んでくれてもいいのになぁ)

「エルゼー！　あんた今、なにしてるー？」

テントの中へと入ったアリーナ様は、中央の机で作戦を書いていたエルゼに騒がしく声を掛けた。

「アリーナに……ナオークもか。ちょうどいい、作戦の概要が今、決まったところだ」

「へぇ、良いタイミングじゃない。ナオーク、一緒に聞きましょ！」

空いている椅子に俺を座らせると、アリーナ様はそのすぐ隣へと座って、話を聞く体勢を整えた。

「うむでは話そう」

目の前に広げていた紙のうちの一枚を引き寄せたエルゼは、作戦内容を俺たちに話し始めた。

「まずは直近で、私たちがやらなければいけないことがある。拠点確保だ」

「拠点確保……？　それって、このキャンプ地じゃ駄目なんですか？」

確かに多少は危険地帯であるが、十分に役割を果たせているように思える。

「もちろん駄目だ。理由としてはまず、ここは四方に壁となる地形がない。これでは襲ってきてくれと言っているようなものだ。今はまだ他の陣地で守り、敵に襲われていないからいいが、もし本格的に狙われてしまったら目もあてられないことになってしまう。そして、そうなった場合はもう致命的だ」

深くため息を吐いたエルゼは、頭を左右に振った。

「そうならないためにも、守りの堅い地で、周囲の監視がしやすい環境を早々に確保しなければならない。そのための拠点の確保が、我が同盟軍の次の作戦だ」

第十話　想定外の事態

「それで、確保したい拠点の数とかは決まってるの？」

作戦の概要を聞いたアリーナ様は、エルゼへ質問する。

「最低でも三つだ。相手の侵攻に対して、出来るだけ面になるように配置したい。出来ればそれ以上を目指したいが、ナオークが連れてきた魔族を加えても、三つが限度だろうなと思っている」

「なるほどね……。戦力の分散方法はどうするの？　あたしとエルゼが別れるのは確定として、もう一つ部隊長が必要になるわよね。だとしたら、やっぱりナオークじゃない？」

「そうだな、集まった魔族たちを指揮してくれると、助かる」

「おっ俺が……ですか？」

正直あまり自信がない。

「もっと適任っていませんかね？　正直、俺には荷が重くて……」

「安心しなさいナオーク、あんたのタフさはあたしが認めるわ！　だってあたしがいくら虐めても、翌日にはピンピンしてるじゃない！」

「そうだな、正直ナオークが敵に倒されているところを、私には想像出来ない」

「でしょ？」

軽い感じで会話が進められていく。しかもナチュラルに、俺が魔族たちを指揮して拠点を守ったり、逆に敵陣を落とすような話になってしまっている。武将扱いだ。

「で、でも……俺なんか本当に戦力にならないですって……」

「気楽にいきなさいって、なんならカティアと一緒に連れてった、あのクレールっていう傭兵も部隊に入れていいわよ」

「そういう問題でもない気がしますが……」

「うだうだ言ってないで腹を決めなさい！　それとも気合いを入れないといけない？」

アリーナ様の両手が俺の頬へ迫り、顔をサンドイッチされた。そして、まっすぐ瞳を見つめられる。力強い視線には、さっさとやるって言えよ、という力強いメッセージが込められていた。

「うっ……」

それでもまだ返事を渋っていると、万力のようにその手が顔を潰しにかかってきた。だんだんと丸かった顔が楕円へと歪み、頭蓋骨を軋ませていく。

「わ、分かりました！　やりますやります！　痛い痛い！　痛いですって！」

「わかりゃいいのよ。大丈夫だって、ナオークの部隊にはいっぱい、優秀な兵を配備させるから」

「はぁ……痛かった……」

こうして俺は、魔族を指揮しての拠点確保という大仕事を請け負うこととなった。

※　※　※

作戦の決定から一夜明けて早朝。速やかに戦力分配が行われ、アリーナ様とエルゼ、そして俺はそれぞれの目的地へ向かって出発した。

「なんか、災難だったな」

部隊を誘導しながら、横に並んで歩くクレールに慰められていた。

「まあでも、決まっちまったもんはしょうがねぇだろ、大人しくやったろうぜ。それに、ふたりともナオークのことを十分心配してるんだよ。兵のなかでも選りすぐりの精鋭をこっちに割り振ってくれたみたいだぜ。これなら簡単とはいわねぇけど、十分に戦えるだろ」

言われたとおり気楽にいこうぜ、とクレールは俺の肩を叩いた。

「それに、ナオークのこと信頼してるからこそ任せたんだろうからよ、そこだけはしっかりしようぜ」

俺はその言葉に、はっとさせられた。

「そうですよね……。こんな俺を信頼してくれてるんですから、俺もそれに応えないと！」

「おっ、その調子でいこうぜ。ちょうど目的地も見えてきたしな」

クレールは目を細めて、口の端をつり上げた。つられてクレールの視線を追うと、確かにそこには魔族の集落があった。俺は咄嗟に手を上げて、後ろを歩く部隊に停止の合図を送る。

最初の拠点候補地だった。駐留するには、もちろん奪わなければならない。

「出来るだけ、無駄な殺しはしないようにお願いします！」

最後尾に位置する人たちまで聞こえるように、大声を出す。

「総員突撃！」

その言葉によって、一斉に部隊が動き出す。重なり合う足音は地鳴りとなる。

「うおおおお！」

俺も雄叫びを上げながら突撃を開始すると、防衛用に配置されていたのだろう、数匹の凶暴な魔物がすぐに立ちふさがった。牙を剥いてきたそのうちの一匹を、思い切り殴り飛ばす。

「オラァ！　雑魚には用なんてねぇんだよ！」

クレールも楽しそうに剣を振り回して魔物を叩いている。

それを皮切りに、あちこちで魔物との戦いが始まり、雄叫びや叫び声が入り乱れた。そんななかをまっさきに駆け抜けて、俺は集落の規模を把握する。

（そんなに大きくない……これなら、時間を掛ければいけそうだぞ！）

「ようナオーク、これくらいなら楽勝そうだな」

「どうしてここにいるんですか？」

クレールは心底楽しそうに俺の脇腹を小突く。どうして、と聞いておいてなんだが、きっと俺と行動したほうが、強い相手がいそうだと思ったからだろう。

「決まってんだろ、お前についてったほうが、楽しめそうだったからだよ」

「そんなことだろうと思ってましたよ。でも、こっちにはあまり強い魔物はいないっぽいですよ。どれも、前線に出てるんでしょうね」

「おいおいナオーク、平和呆けでもしてるのか？　目の前にやばそうなのがいるじゃねえか」

「え……？」

辺りを見渡しても、それっぽい魔物は見当たらない。だけど、クレールは確信めいた視線を一点に注いでいる。

「おぉ、怖い怖い」

本当にそんな魔物が存在するのか……半信半疑でいたところ、どこからともなく腹に響く野太い声が聞こえてきた。

「まさか俺様の気配を見破れる奴がいるたぁ、こいつは骨が折れそうだ」

建物の影から突如現れたのは、俺よりも背の高い狼男だった……。

「はっ、こいつは大物だな。コイツを殺りゃぁ、ここはいただいたようなもんだぜ、なぁ？」

この狼男の強さを感じ取りながらも、軽口を言うクレールを羨ましく思った。

「ほぉ～？　この俺様を殺すって？　そんなやわな身体でか？　それに、相方も随分頼りねぇじゃねえか。図体がでかいだけのオーク……。くっくっく……裏切り者のオークが暴れ回ってるってのは、本当だったのかよ」

ずいぶんと交渉で歩き回ってしまったし、流石に隠しきれる秘密じゃなかったか……。俺は意を決して一歩、前へと進み出る。

「ナオーク、合図をしたら一気に行くぞ」

小声で俺へそう言うと、クレールは前傾姿勢となって身構えた。隙のない構えを見た狼男は、しかしそれでも気にしたふうでもなかった。完全なる油断といえた。

クレールはその隙を見逃さず、狼男からは見えない角度にあるほうの手で、俺に突撃の合図を送る。その瞬間に、俺は迷わず飛び出した。

「ふん――――！」

「なっ！」

だが、狼男はあらかじめそこに攻撃が来ると分かっていたかのように、俺の腕を取った。肉と骨を一度に千切られるかと思うほどの力で手首を掴まれる。

「ぐっ！」

このままじゃ、ほんとうに腕がちぎり取られる！　多少の無理を承知で、俺は腕を捻った。その勢いを利用して、相手の肘関節へ蹴りを入れる。

「おっと……」

そこでバランスを崩した瞬間、狼男の腕に、クレールのナイフが突き立てられた。

「ちっ。なかなか動けるじゃねえか、肉の塊の分際でよぉ……」

だが、そのナイフは厚い毛皮の壁によって弾かれてしまった。

「どうなってんだよあの腕は……まるで鋼鉄だよ……」

「あれだけ堅い筋肉は、狼男のなかでも稀でしょうね……強敵です」

「面白ぇ……そうでなきゃなぁ。こんな辺鄙なところにきた意味が出てきたってもんだぜ。ナオーク、テメエは後ろで様子を見てろ。アイツに隙が出来たらすぐにぶん殴れよ！」

クレールは無謀にも、単独で狼男へ突撃していく。

「おうおう！　人間にしてはやるじゃねえか。どこから攻撃が飛んでくんのかまったくわからねえ」

「冗談！　さっきからオレの攻撃がかすりもしてねぇじゃねえか！」

「いやぁマジだぜ！　俺様は目がいいからよぉ、人間程度のスピードじゃ、攻撃された後からでも軽々躱《かわ》せるってだけよ！」

それがいかに変則的な攻撃であっても、狼男からしてみれば、ちょっと動きが変な普通の攻撃と大差ないのだろう。それに、たとえ目がよくなかったとしても、クレールの攻撃が驚異的な運動能力の狼男に当たる隙はなさそうだ。

「そろそろ十分攻撃させてやったよなぁ。今度はこっちから一発いかせてもらうぜぇ!!」

「……ッ!?」

言葉が終ると同時に、クレールの身体が吹き飛ばされた。

「クレー……おぐッ!!」

狼男とクレールの直線上にいた俺もそれに巻き込まれ、一緒に地面へと転がった。幸い、もうもうと立ち上がる土煙によって、追撃は免れたようだ。

「人間っつぅのは軽いなぁ！　おい！」

土煙の向こうから、挑発的な声が聴こえてくる。

「うぅ……野郎……ぶっ飛ばしてやる……つぅ！」

何もできずに攻撃を受けたのがかなり悔しかったのだろう、クレールは勇ましく立ち上がろうとするが、すぐに片膝をついてしまった。見れば、腕やわき腹から大量の血が零れだしていた。

「クレール！　傷が！」

「うるせぇ！」

俺の静止も聞かずに、クレールは傷の痛みをこらえて土煙の外へと飛び出した。

とっさにクレールを追いかけて俺も前に出る。

すぐに腕を引いて、無理やりにでも逃げなければと思っての行動だった。

「……!?　クレール!!」

だけど、俺の動きは遅すぎた。俺が飛び出したの、クレールに狼男の爪が突き立った後だった。

第十一話　生き延びるために

さらなる狼男の一撃で、俺とクレールは十数メートルも吹き飛ばされてしまった。

「くそ……」

深傷を負いながら、それでも立ち向かおうとするクレール。

俺はクレールを後ろから抱きしめるようにして、それを引き留める。

「離せナオーク！　あいつをぶんなぐらねぇと、オレの気がすまねぇ！」

「そんな怪我しながら戦っても勝てるわけないでしょ！　それよりも今は逃げましょう！　あいつと距離が取れてる今が最後のチャンスですから！」

俺は緊急撤退用の笛を吹き鳴らした。それでも狼男に立ち向かおうとするクレールを強引に担ぎ上げて、その場から走り出す。

「お前逃げてんじゃねえ！　離せよボケェ!!　ぶっ殺しても……むぅう！　むぅううう!!」

「ごめんなさい。でも、今は静かにしててください……」

クレールの口を手で塞ぐ。

「逃げるのかぁ!?　オークらしいぜぇ！　そんなんでよく戦いに来れたなぁ!!　ははっ」

後ろから狼男の挑発が聞こえてくるが、それを無視して俺は全速力で戦場から離脱した。

「はぁ……！　はぁ！　こ、ここまで来れば大丈夫でしょう……」

数十分間も走り続けただろうか。森の淵に隠すように建てられていた廃墟をやっと見つけて、その中へ逃げ込むと、ようやく一心地つくことができた。

多少埃が積もってはいるが、ここならなんとか休息がとれそうだった。

ボロボロのベッドに積もった埃を払い、クレールをベッドへと横たえた。

もう、だいぶ前から、悪態すらつけない状況になっている。

(せめて、持ってきてる治療薬でなんとかなればいいけど……)

荒い息を吐き、苦しげに表情を歪ませるクレール。

緊急時のために持参していた治療薬を傷口へと塗り、破った服で傷口を止血していたのを、新しい包帯と取り替える。

「よし……」

一応の処置を終え、額に浮かんだ汗を拭いた。あとはクレールの体力が持ってくれるかどうかだ。

俺は外の様子を窺《うかが》う。狼男が追ってきている気配は、まったくなかった。

「ふぅ……」

助かった。狼男にかかれば、あの状況からでも追いつくことが出来たように思えるけど……。なんにせよ、今は逃げ切れたことを喜ぼう。

(そうだ、家の中に何か使えるものがないかな)

もしかしたら、クレールの傷に効く薬が置いてあるかもしれない。他にも食料が見つかれば御の字だけど……。

「流石に期待しすぎか」

家探しで見つかったものは、数種類の薬草が詰め込まれた麻袋と、箪笥《たんす》の奥にしまい込まれていたボロボロの服だけだった。

麻袋のなかを物色すると、痛み止めの効果がある薬草を見つけることが出来た。

これを使えば、体力回復に専念できるはず。

俺はすぐに薬草を煎じて、強引にクレールの口の中へと詰め込んだ。

しばらく様子を見ていると、痛みが引いてきたのか、クレールは穏やかな寝息を立て始める。

(良かった……)

俺はもう一度、周辺に追手がいないか確認すると、床へと座り込み瞼を閉じた。

※　※　※

静かな小屋に、ごとりという音が響いた。

俺はとっさに目を開けて、周囲の様子を窺った。

真っ暗な小屋の中を照らす月明りが、ほのかに部屋の全容を浮かび上がらせている。

俺はすぐに、床を這う塊を見つけ出した。ズルズルと、ベッドの下から俺のほうへと近づいてくる。

咄嗟に身構えるが、その塊の正体に気が付いて、肩の力が抜けた。

「なんだ、クレールか。……安静にしてなくちゃ駄目じゃないですか」

「傷は治療したんだろ……なら問題ねぇよ」

「ええ……」

問題ないことはないだろう……。現に今もまともに立ち上がれず、這いつくばりながら俺に近付いてきている。

「それで、そこまでして俺になにか用事ですか？」

「あぁ、緊急事態だよ……。とっととオレのとこまで来い」

「は、はい！」

その真剣な様子に、俺は慌ててクレールに駆け寄った。見たところ、傷が開いている様子はないけど……。

「おら、んっ……早くしろ」

「へ!?」

クレールは突然身体の向きを変えて、俺にお尻を突き出してきた。

「な、何を……」

いきなりの行為に慌ててしまうが、よく目をこらすと、股間の中心に濃い染みが出来ていた。暗がりでも分かるほど、大きくだ。

「も、漏らしちゃいました？」

「馬鹿！　ちがうよ！　……その、わっ、分かってんだろ」

その慌てぶりから、俺はまさか……とその濡れた股間の中心へ指を伸ばす。

「んんっ……！　はぁあ……それだ……そこ……もっと、頼む」

俺はクレールの言うままに、指を上下に動かした。

「意識が戻ってから、……ずっと子宮が疼いて仕方ねぇんだ……」

切なげな声を上げながら、クレールは俺の指を堪能した。

「あぁ……駄目だ。さっきまで指でもいいと思ってたのに、いざ弄られたら、物足りない……もっと太いの……ナオークのチンコ、ぶち込んでくれ……」

クレールは、誘うにしては弱々しい動きで腰を振る。

「わ……分かりました」

それでも俺は生唾を飲み込み、覚悟を決めて誘われるがままにペニスを取りだした。

「そ……それ！　早くぶち込んでくれ！」

クレールはとっくに発情しきっていたようだ。俺は我慢しきれない様子のクレールに、ペニスを差し込んだ。

「んぐううぅッ！」

入れただけだというのに、クレールの膣は急激に収縮し、絶頂をむかえたことを教えてくれた。

「クレール……動かしても……いいですか？」

「いちいち聞いてんじゃねえ……！」

いつもより大人しい怒鳴り声を聞きながら、性欲が溜まりに溜まっているクレールの膣内を堪能するようにピストンする。

「ひぐぅ！　あ……ああ！」

一掻きするごとにクレールは潮を吹き、身もだえる。身体もブルブルと震わせている。その痙攣に負けないように、力強く腰を打ちつけていく。

「うぐぅ！　うんんっ!!　アアアァ!!」

力任せに腰を打ちつけただけでこの反応……。これでリズムを変えてみたら、クレールはどれだけ乱れるんだろう。そんな欲求にあらがえず、俺は一定のリズムで行っていた動きから一転して、短い間隔で子宮を二度、小突いてみた。

「ンッ！　ンンンンンッ‼」

これがてき面に効いたようだった。クレールは更に激しく潮を吹いた。

「もっと腰振れ！　こんなんでオレが満足するわけねぇだろ！　もっとだ！」

「で、でもこれ以上はクレールの身体が……」

「フゥッ！　こ……ここまで腰振っといてよく言うぜ……ンンンッ‼　ハァ、いいからぶつけてこいよ……。そうじゃなきゃ、満足出来ねぇんだからよ！」

完全に体力が回復しきっていないはずなのに、クレールの膣に力が入り、俺のペニスを絞め上げてくる。

「ふぐっ……クレールの膣内……トロけはじめてる！」

激しく絶頂を続けた影響か、クレールの秘部は信じられないくらいにとろけはじめていた。

どんなに手荒く動かしても、クレールのまんこはそれを受け入れていく。それなのにときおり、反抗するように膣内が絞まり、油断ならない刺激を与えてくる。

その刺激に負けないように、無意識的に力が入る。しっかりとクレールの脇腹を掴み、高速のピストンを始める。

「スゴっ！　もうっ‼　またっ‼　イヒィイ‼」

いつも強気なクレールからは考えられないような、追い詰められた声色の悲鳴が上がった。

「どうですか!?　満足でしましたか!?　これで満足出来ましたか!?」

「ううううっ!!　あぐぅっ!?」

返事が出来ないほど乱れるが、その代わりにクレールは腰を振り始めた。

その腰振りにリズムを合わせて、俺はさらに激しく膣内を擦り上げていく。あまりにも激しく腰を使っているせいで、もう何が何だか分からなくなり始める。

「いひっ!!　うぅ……!　あっあっあっ!!　イグの止まらないぃ!!」

「俺も……もう……ダメです!　射精します!!　い……イクゥ!!」

膣の収縮に合わせてペニスが脈動し、クレールの膣内へと精液を吐き出していた。

第十二話 生存本能の力

「はぁはぁ……」

射精の達成感に身を浸していた俺だが、ふと手の平に感じるぬめりが気になった。

なんだろうと手の平を見ると、そこにはべっとりと血が付着していた。激しい動きに、傷が開いてしまったのだろう。

見ると、クレールはぐったりとしていた。

「だ、大丈夫ですか？」

恐る恐る声をかけるが、クレールはうめき声を漏らすだけだ。これは流石にマズいと、慌ててペニスを引き抜くために腰を引いた。

「ま……待て……まだ抜くんじゃねぇ。少し気絶してただけ……だ」

亀頭が引き抜かれる直前、クレールは俺の手を掴み、続行の意思を見せた。

「動かないなら、オレから動くぞ……うっ、くぅ……」

四つん這いで身体に力を入れ、クレールは自ら動こうとするが、傷が開いたのがかなり影響しているようで、その動きはぎこちない。

「やっぱり、もうやめておいたほうが……」

「うるせ……オレはまだまだヤりたりねぇんだよ！　いいから付き合え……」

「は、はい」

クレールの勢いに飲まれ、俺はペニスを秘穴に収めなおす。

「はっ……！　ううぅ……」

開いた傷のこともあり、俺は出来るだけ慎重に膣奥へと突き刺した。途中、膣の中にある突起にペニスが引っかかる。

「くぅう……!!　くぅ……ふっ、ふぅ……」

それだけで、クレールは悶えて身体をくねらせる。だけどやっぱり身体の痛みが気になるのか、動きがぎこちない。

痛みから逃れるためか反射的に腰が動いて、膣内が亀頭をめちゃくちゃに擦る。射精したばかりの敏感な亀頭に、不意の刺激が襲いかかった。

「うっ！　くぅ……マン肉が絡みついてくるの……やばいです」

「はぁ……うっクゥ……オレのほうがヤバいっつうの……」

そう言いながら、クレールは腰の動きをむしろ速めてきた。クレールの性欲は、どうやら静まるどころか増してきているようだ。

「だ……ダメだ、ナオークの動きだけじゃ……物足りねぇ……」

（そういえば人は死を感じると性欲が強くなるっていうけど、それかな……）

とはいえ、この乱れようは相当なものだろう。もしかしたら、さっきの薬草にそういう副作用があった可能性がある。

魔族領地で育った薬草だ、変な効能が追加されていても不思議ではない。

「ナオーク！　お前ももっと腰を振れ、そうすればオレが気持ち良くなれるかもしれないだろう！」

「えぇ、でも……」

傷のこともあって渋っていると、クレールは獣のような目つきで俺を睨みつけてきた。

その目は語っていた……このまま指示に従わなければ、すぐにでも喉元を噛み千切るぞ、と。

殺意が乗った視線を受けて、逆らうアホはそういないだろう。

俺はそんなアホになるわけにはいかないと、犬のようにクレールに覆い被さった。

「これでいいですか？」

「ああ、奥まで大きいのが詰まってる……。どうした、止まってんじゃ……ねぇ、もっと頼むよ」

クレールはくいっと腰を動かして、ピストンを催促してきた。

「どうなっても知りませんよ……」

しっかりと体勢を整えて、勢いよくペニスを引き抜く。

「おほっおお!?」

絡みついていたマン肉が一緒に引きずり出されそうになる。中身が無理矢理取り出されるような衝撃に、クレールは声を上げた。それでも彼女なりの意地があるのか、すぐに歯を食いしばった。

「フッ……！　フフッ……!!　一度射精して……気でも緩んでんのか……？　さっきのほうが断然よかったぜ……？」

それは分かっている。射精をしたことで粘膜部分が敏感になって、動くだけで腰が浮《うわ》ついて上手く動かせないのだ。

一掻きするだけで、足に力が入らなくなるほどの気持ちよさが駆け巡っていく。

「ペ……ペニスがスゴく敏感になってて……どうにも」

「はは……そうかよ。だったらオレから責めてやろうか？　ナオークはそういうほうが、興奮するんだもんなぁ？」

この、俺が上に覆い被さる体勢でペニスまで差し込まれた状況で、どうやって責めるというのか。

「ンッ！　はぁ……どうやるかって、考えてるんだろ？　優位なポジション取ってるからって油断すんなよ……。フゥ!!　ふふん!!」

「ちょ！　うくっ!!」

途端、クレールは俺の腕に自らの腕を絡めさせ、腰を勢いよく揺すり始めた。

傷が開くことも、自分の腰がガクガクと痙攣することも厭わず、クレールは全身で俺のペニスを責めてくる。

「んぐうう!!　分かったかナオーク!!　オレが求めてたのはこういうセックスなんだよ!!　お前のなよなよした動きじゃ、せっかくの気持ちが萎えちまうっつうの」

「アッ……ぐう!!　こ……んなぁ!!　」

視界にパチパチと白い火花が散った。

確かに俺は、クレールに犯されていた。

「あああぁ……！　ヤッベぇ……!!　セックス激しすぎて……頭、ぶっ壊れちまいそうだ……!!」

そう言いながらも、クレールの腰振りは止まらない。逃れられない快感に、亀頭が切なさでいっぱいになっていた。

我慢とかそういう小細工が出来るような状況では、もうなかった。なすがまま、されるがままにそのシゴキを受けるしかない。

「ひっ！　ふひぃ!!」

「ハハハ!!　可愛い声が出るじゃねえか！」

自分では出した覚えがない情けない声が耳を打つ。俺のその声を聞き、興奮しているクレールの声も新鮮だ。

「い……！　勢い緩めて!!　ください!!　これ以上されたら……射精することしか考えられなくなっちゃいますから!!」

「女ひとり満足させられねえオークなんて、それくらいでようやく一人前ってもんだろ？　止めて欲しかったら、まともに腰振れなくなるくらいオレを乱れさせてみろよ!!」

「そ……!!　そんなこと言われても!!」

クレールの動きが激しすぎて、ペニスを突き入れようとするたびに、俺の意思に反して腰がビクリと痙攣してしまう。こんなんでクレールを満足させることなんて、出来るわけがない。

「あひっ!!　んんんんっ!!」

濁流のように押し寄せる快楽によって、まともに考えることすらできなくなっていく。

「出来ねぇなら、黙ってろ！　お前はオレの肉ディルドとして、チンコ勃起させてろ！」

「ひぐぅう!!」

何度かの絶頂の後、さらには傷口も開いたというのに、どこにこんな力が残っていたのか。

「あんっ!!　ああぁぁ!!　奥……届いてヤバいぃ!!　子宮ぶっ叩かれてる……！　オレの子宮が

喜んでるぅう!!」

俺は尻にぐっと力を入れて、ペニスの硬度をガチガチに維持することに集中していた。言われたとおり、クレールの肉ディルドを全うするためにだ。

「いいぞ……!!　気持ちいい場所にもずっと当たってる!!　あああ!!　ヤバいヤバいヤバぃ!!　お腹が……変なふうになってきてる!!　で……でる!!　なんかくるううぅ!!　あああ!!」

ペニスを一番奥まで押し込んだクレールは、膣の中程にある突起と子宮に同時に当たるよう調整し、何度も何度も深い刺激を与えていた。

「ひっ!!　あああ!!　ひぐぅうぅ!!」

数回、膣が大きく脈動すると、クレールは背中をめいっぱい反らした。

「おまんごいぐううううう!!」

そしてついに、悲鳴のような言葉を吐き出しながら、全身をあり得ないほど震わせて絶頂した。

第十三話　最悪の到来

「ハァ!!」

襲いくる魔物を、アリーナは気合いのかけ声と共に一刀両断にした。

「ふぅ……。もうちょっとやりがいのある敵が出てくるかと思ってたのに……。面白くないわね」

エルゼ、ナオークと三手に別れて実行に移した拠点確保の作戦だったが、アリーナにとってはあまり面白みのないものだった。向かってくる敵のすべてが、たった一振りで地に伏せてしまっては、確かに面白くはないだろう。

ただ、それはアリーナにとっての話だ。彼女についてきた兵たちは違った。彼等にとっては、適度に苦戦するが負けることはない、非情に気持ちのよいターゲットだった。

そうしてアリーナ率いる部隊は、一日とかからずに拠点の制圧を完了させた。

「あんたたち！　喜ぶのはいいけど、これからまだ仕事が残ってるわよ!?　忘れてんじゃないでしょうね！　さっそくここをバリケードで囲みなさい！　何人かはこっちで食事の準備！」

気が緩んでいる兵士たちに活を入れると、アリーナはテキパキと各自に指示を飛ばした。

「隊長は何するんです？」

どこからともなく飛んできた、冷やかしにも取れる言葉にアリーナは大声で答えた。

「そうね！　ちょ～っと手こずってるエルゼの手伝いでもしてこようかしら！」

何の気なしに言った冗談のつもりだったが、口に出したことでアリーナは、それが妙案のように思えた。

距離も、そう遠くない。アリーナは数日前に見た地図を頭の中で広げ、走れば半日もかからない場所であることを確認する。

本当ならナオークのほうへ行きたいと思っているが、生憎エルゼが担当する場所よりも遠く、すぐに行けそうにない。

「後はあんたたちで出来そう？」

「そうですね、後は拠点の整備だけでしょうし、大丈夫だと思いますよ」

「よしよし、優秀ね。それじゃ、あたしはエルぜんところ行ってくるわね」

最低限の指示を出して、アリーナはエルゼの元へと走り出した。

※　※　※

「状況はどうだ？」

「はい、くまなく探してみましたが、魔物の姿は見えません」

「こちらも同じくです」

「そうか……」

目的の場所へと辿り着いたエルゼだったが、そこで途方に暮れていた。

エルゼが担当した魔族の拠点は、他の二つよりも規模が大きい場所だった。

にも関わらず、そこには魔物の一匹すらいなかった。

(これはさすがに予想外だな……)

とんだ拍子抜けとなってしまった出撃に、エルゼは頭を悩ませる。

「どうしますか？」

ついてきた兵士たちも、どうしたらいいのか分からずに、エルゼに指示を仰ぐ。エルゼは少し思考を巡らしたあと、迷える兵士たちに指示を出した。

「ひとまず敵の罠に警戒して、この場所を完全に押さえてしまおう。お前たち、手はずどおりに頼む」

「はい！」

「何かあったらすぐに知らせるんだぞ」

エルゼは手際よく拠点を作り上げていく兵士たちの合間を縫って歩く。見回りをしながら、すぐにでも動けるようにだ。

(アリーナとナオークのほうはどうなっているだろうか。もしどこもこういう状況になっているのだとしたら、危険を察知した魔族が、町ごと逃げた……とかだが……)

果たして本当にそうだろうか、とエルゼは自問した。それというのも、魔族の姫はとても頭がキレる、という情報が引っかかっているためだ。

(こちらの気の緩みを狙っているのか？　もしくは陽動された？　だとしたら、ここに私を縛りつける意味はなんだ……)

様々な可能性を考慮しながら歩きまわっていると、すぐに時間が過ぎていった。気が付けば拠点は半ば完成していた。

「……何かの罠かと思ったが、杞憂だったか」

長時間、張り詰めていた緊張の糸を緩ませたそのときだ。

「罠なわけなかろう」

真横から突然、聞いたことのない声が飛び込んできた。

「――!? 誰だ!? いつの間に！」

エルゼは咄嗟に飛び退き、悠然と構える女性と距離を置いた。

「ふっ、誰かとな？ 聞かれたならば答えてやろう！ 我はアモナ、魔族を統べる女王である」

「な――なんだと？」

突如現れた敵の大将に、エルゼは目を見開いた。だが、そこで呆けきらず、エルゼはすぐに臨戦態勢を取った。

「やはり罠か。しかし、大将が自らやってくるとはな」

「はぁ……だから罠ではないと言っておろうが。我が暴れると周辺に被害が出るのでな、避難させたのだ」

やれやれと、アモナは肩を竦ませながら強気の発言だ。

「ほう？ 相当に自信があるようだな？ ならば私の実力を分からせてやろうか」

「いや、それには及ばぬ。前にほんの少しのぞき見させてもらったが、お主じゃ我には勝てぬよ。例え、もうひとりの人間がおっても、変わらんだろうな」

「貴様!!」

その挑発に乗せられて、エルゼは剣を閃かせた。

いた。

「遅いのぉ、欠伸が出るわ！」

常人では振り下ろされたことすら気が付かないエルゼの一撃を、アモナは涼しい顔で受け止めて
「今度は我の番だな？　しっかりと受け止めよ？」

アモナはぐっと拳を握りしめると、素早く振り抜いた。

※　※　※

遠くから響く地鳴りと振動にアリーナは足を止める。

「地震……？」

それがただの地震でないことは、すぐに分かった。一瞬だけだが、禍々しい魔力の膨らみを感じたし、なによりも、エルゼがいるであろう方角から地鳴りが響いたことが大きかった。

「……急がなきゃ」

想定外の事態が起きているのは明白だ。アリーナは速度を上げて、現場へと向かう。

その場所に近付くにつれ、魔力の残滓が、今までに感じたことのないほど濃くなっていく。

そして、アリーナは最短距離を貫いて、破砕音が響く戦場へと駆けつけた。

「エルゼ、大丈夫!?」

「アリーナ!?　なぜここにいる！」

この場にアリーナがいることに驚き、エルゼは身体を硬直させる。

「随分余裕ではないか！」

そこに、膨大な魔力を纏った拳が襲いかかる。

「くっ‼」

エルゼは間一髪でその攻撃を避ける。が、その瞬間に地面が爆発し、舞い上がった石が勢いよくエルゼの身体へと叩きつけられた。

「エルゼ！」

アリーナは倒れ伏したエルゼへと駆け寄って、身体を揺する。

「ちょっとあんたなんなのよ！　エルゼをこんなに出来るなんて……まさか」

「察しておるとおりだ。我が魔族を統べる女王だ。我の首を取れば、この戦争はお主らの勝ちだぞ？」

アモナはわざとらしく首をさらけ出すと、細い指で指し示し、

「最初の一発くらいならサービスをしてやってもいいぞ」

とまで、宣言してきた。

「なめてんのアンタ‼」

挑発を受けて頭に血が上ったアリーナは、アモナに飛びかかろうと足を踏み出した。

「待て、アリーナ……！　真正面から飛び込んで、勝てる相手じゃない……」

その蛮勇を、エルゼが引き留めた。しかし、あからさまに見下されたアリーナが、エルゼの言葉で止まるはずがない。

「馬鹿にしないで！　こんな奴の喉元なんて、軽くかっさばいてやるわよ！」

アリーナは目にもとまらない速さで腰に下げていた剣を抜くと、アモナが差し出した喉元へ向け

て刃を突き立てた。

だが――。

「嘘……でしょ……」

「まあ、こんなものか」

アリーナの剣は、確かにアモナの首へ突き立てられていた。しかし、その切っ先はアモナの皮膚の表面を傷つけただけだった。

「褒めてやろう、我に血を流させたのだからな。……だが、これまでだ」

アモナは、アリーナの一撃を讃えるように拍手をすると、アリーナの顔へ手の平をかざした。その中心に、先ほどまでとは比べものにならないほどの魔力が渦巻いた。

「ッ!?　まずいっ！」

「出直してこい、我はいつでもお主らを待っておるぞ？」

なにが起きるのかを察したアリーナは、すぐにアモナから距離を取ると、エルゼを抱えて走り出した。

「生き残れたらの話だがな!!」

アモナのかざした手の平で限界まで溜まった魔力が爆発し、周囲一帯を吹き飛ばした。

第五章 準備

第一話 合流、そして

「よっと……。とりあえずアリーナ様たちと合流しましょう」

「そうだな……。つっても、これで行くのか？」

嫌がるのも仕方ない。クレールは今、俺におんぶされている状態だからだ。

「仕方ないじゃないですか、クレールの体調がまだ万全じゃないんですから。それに、クレールがあんな無茶しなければ、今頃もっと体力が回復してたはずなんですよ？」

興奮が治まらない治まらないと数時間も言い続け、結局気絶するまで続けさせられた俺の身にもなってほしかった。

「……ナオークもノリノリだったじゃねえか」

「最初のほうは……まあ多少は認めますけど、最後はずっと止めましょうって言ってたじゃないですか。はぁ、こんな話いつまでしてても疲れるだけですし、行きますよ。逃げてきた方角からして、もうちょっと進めばアリーナ様が担当した地域にたどりつくはずです」

俺はクレールを背負い、アリーナ様がいるだろう場所へ向けて出発した。

半日ほど歩き続けると、空に見覚えのある大鷲が飛んでいるのが目に入った。大鷲のほうも俺に気が付いたようで、高度を急激に落として接近してきた。

大鷲は、俺の真横に軽やかに着地した。すると——。

「あれ、手紙だ？」

大鷲の首に提げられたポーチの中に、手紙が入っていた。

俺はそれを取って広げ、中を見て――その内容に思わず声を漏らした。

「なんだよ、なにが書いてあったんだ？」

背負われているクレールからは手紙の内容が見えなかったようだ。身体を揺らして、書かれた内容を教えるように催促してきた。

「なんか、エルフの森まで撤退するように書いてあります……」

「撤退ぃ？」

予想外の指示に、クレールは俺と似たような反応をした。

「もしかして、俺が失敗したせい……とか」

「可能性はでけぇよな。ま、怒られる覚悟でもしていこうぜ」

「他人事だからって……」

嫌な予感を覚えながら、俺は大鷲の背中に乗ってエルフの森へと大急ぎで向かった。

※　※　※

「あの……今帰りました……」

「ナオークか。無事でよかった」

出来るだけ腰を低くしながらエルゼに会いに行くと、意外にも神妙な面持ちで待ち受けていた。

「……すみません。俺、負けちゃいました」

「あぁ、そのようだな」

「？　あの、怒らないんですか？　俺のせいで作戦が台無しになったのに……」

「いや、お前だけじゃない。私もアリーナも失敗した」

「は!?」

衝撃的すぎる言葉が耳を打ち、俺は目を見開いた。今、エルゼはなんと言ったのか。まさか聞き間違い？　でも、それにしてはエルゼの表情は固い。

「それはえっと……エルゼが？　それに、アリーナ様も？」

エルゼは静かに頷いた。どうやら、ふたりが負けたというのは、本当のようだった。

「いったい……どうして」

「魔族の姫だ。私が攻めこんだ場所に現れたんだが……アイツの強さは別格だった。私もアリーナも、まったく歯が立たなかった……」

完敗だよ、とエルゼは肩を落とした。

「戦力もかなり減ってしまった。これを立て直すにはかなりの時間が必要だろうな。正直、頭が痛い」

エルゼは言葉どおり頭を抱えて、机に突っ伏した。

魔族の姫をどうやったら倒すことが出来るのか、考えを巡らせているんだろう。

「それに……問題はそれだけじゃなくてな」

エルゼはかなり深いため息を漏らして、遠くを見つめた。

「まだ問題が？」

エルゼの頭をこれ以上悩ませる原因とはいったい何なのか。まったく想像出来ない。が、エルゼの次の一言に俺は目を見開いた。

「アリーナがな……」

「アリーナ様に何かあったんですか!?」

俺はエルゼに詰め寄った。そして、彼女のその深刻そうな表情に、嫌な予感を覚える。

「まさか……!!」

最悪の最悪の結末が頭をよぎる。俺はエルゼへ飛びかかった。

「落ち着けナオーク。アリーナがそう簡単に死ぬわけないだろう」

「よっ、よかった……」

安堵に身体が弛緩する。

「え、じゃあアリーナ様に何が起こってるんですか?」

当然の疑問に、エルゼは渋い表情を作った。どう伝えたらいいか、迷っているようだ。

「うむ……。負けたことがよほどショックだったようで……逃げ帰ってすぐ、部屋に引きこもってしまってな」

そんなアリーナ様は見たことがない。どんなときも勝ち気で、自信に満ちたアリーナ様が部屋に引きこもっているなんて……。

「いくら声を掛けてもまったく反応がなくて……困っているんだ。ナオーク、お前が行って声をかけてやってくれないか?」

「そんなの当たり前です！　ちょっと今から行ってきます！」

俺は急いでアリーナ様の元へ向かった。部屋の前に着くと、確かにドアが閉め切られ、入ることが出来なくなっていた。エルフの里では、ここは俺の部屋でもあるので、入れなければ今夜はどこかその辺で眠ることになってしまう。

「アリーナ様ー？　大丈夫ですかー!?　入れてくださいよー！」

声を掛けながらドアを叩いてみるが、中にいるはずのアリーナ様からはまったく反応がない。

(どうしよう……)

強引にでも中に入ってみるか……。

「入りますよ!?　ドア壊しちゃいますからねー？」

強引に破ろうと距離を取ったところで、そっと扉に隙間が出来た。おっ、と様子をうかがっていると、そこからアリーナ様の腕がにゅっと伸び出てきた。

その腕は何かを探すようにバタバタと動き回る。

「アリーナ様？」

この人は何をしているんだろうと、ばたつく腕を握ってみた。すると、腕はすぐに動きを止めて、力が抜けていった。

「入りますね……？」

もう一度声を掛けてから、出来るだけ扉が開かないように身体を横にして部屋へと滑り込んだ。

「アリーナ様……」

部屋の中にいたアリーナ様は頭から毛布を被り、隙間から覗く目元を真っ赤に腫らしていた。

予想以上に憔悴した様子のアリーナ様は、俺に顔をこすりつけてきた。

アリーナ様の肩は細かく震えている。

いたたまれなくなって、アリーナ様の頭をそっと撫でた。

どれくらいの効果があるかは分からないが、アリーナ様を少しでも元気づけたかった。俺の手の平を頭に感じて、アリーナ様はさらに顔を胸に埋めてくる。

「今まで、負けたことなかったのに……」

アリーナ様は、ぽつりと言葉を漏らした。

そんな弱々しいアリーナ様にかける言葉が見つからない。

「手も足も、出なかった……」

消え入りそうな、小さな声だ。

「悔しいけど……今のあたしじゃ……絶対に勝てないって……すぐに分かっちゃったのよ……」

それが彼女にとって、どれだけの屈辱だったか……想像すら出来ない。

それでも俺は彼女に寄り添って、頭をなで続けていた。

第二話 傷心のアリーナ

「ナオーク……」

アリーナ様は不意に顔を上げて、潤んだ瞳で俺を見上げてきた。泣きはらして赤くなった目は、いつもの勝ち気な雰囲気を隠している。

絶対に手放さないように、俺は消えてしまいそうなアリーナ様をぎゅっと抱きしめた。

「痛いわよ、ナオーク……」

「すみません、でも……んっ」

いなくなっちゃいそうで、と出かけていた言葉は、アリーナ様の唇によって塞がれてしまった。

「んっ……あっ……んむっ」

強引に口の中へと侵入してくる舌を、俺は躊躇なく受け入れた。アリーナ様は俺がそこにいることを確認するように、舌へ自分の舌をゆっくりと絡ませる。

俺が消えずにそこにいると確信したのか、アリーナ様は最後に舌へと思い切り吸いついてから、口を離す。涎《よだれ》が糸を引いて俺とアリーナ様の唇をつなぎ、キラキラと光っている。

「ぷはっ……はぁ……ナオーク、しばらくこのままぎゅっとしてて」

俺は言われたとおり、アリーナ様をさらに強く抱きしめた。

「んっ」

アリーナ様は、俺に抱きしめられて安心したのか、顔をうずめてしまった。俺はアリーナ様の背中をポンポンと叩いた。

(あ……アリーナ様の匂いだ)

キスをしたことで体温が上がったのか、汗の匂いと共に甘いアリーナ様の匂いが鼻腔をくすぐった。いつまでも嗅いでいたくなるような、蠱惑的な匂い。

俺は少しだけ、頭の位置を下げてアリーナ様の匂いを堪能した。

「はぁ、ナオークの匂い……落ち着く」

どうやらアリーナ様も同じようなことを考えていたようだ。鼻を押しつけ、深呼吸までして俺の匂いを吸い込んでいる。

(う……)

そんな愛らしいアリーナ様を見ていると、俺の下半身がびくりと反応してしまった。

こんなんじゃダメだと、俺は自制心を働かせる。引きこもってしまうくらい落ち込んでいるのに、そんなアリーナ様に興奮してしまうなんて、言語道断だ。

俺は下半身を少しだけ浮かせて、興奮してしまったことを隠そうとする。

だけど、そこは流石のアリーナ様。

「ナオーク？　今、えっちなことしたいって思ったでしょ」

ちょっとだけ呆れたような、それでいてそれを許容するような反応だ。

「そ……そんなことはないですよ！」

「……ありがと。でも、ナオークのおちんちんは期待してるわよ」

俺は必死に否定するが、アリーナ様は股間をまさぐると、素早くペニスを露出させた。

半勃起していたペニスは弱々しくアリーナ様の太股に当たった。しっかりとした筋肉と、しっとりとした肌触りでペニスを受け止める。

アリーナ様は、手の平と太股でペニスを柔らかく扱いていく。

「うっ……」

柔らかな手の平と、ごりごりとした筋肉。二種類の刺激によって、俺の分身はすぐに硬くなってしまった。

「実は……あたしもね……」

硬くなった肉棒を、アリーナ様は股に挟み込んだ。俺のペニスはアリーナ様のワレメを広げながらそこにぴったりと収まった。

「さっきのキスで、少し濡れちゃったから……。それにこうしてたほうが、あたしとあんたっぽくていいでしょ……」

アリーナ様はそう言うと、誘うように腰を前後に一往復させた。くちゅりというわずかな水音をたてながら、ワレメがペニスをマッサージする。

「んっ……あっこれ、お豆が擦れて……気持ちいい……」

アリーナ様自身が分泌した愛液でコーティングされたペニスで、クリが押し潰されているのが分かる。こんなに敏感になっているなら、アリーナ様には相当な刺激が加わっていることだろう。

「あたしのおまんこでおちんちん洗われて、気持ちいい？」

「もう……最高です……」

柔らかい、ぷるぷるのお肉が硬くなったペニスの表面をなぞっていく。

「アリーナ様、俺も動いて……いいですか？」

「いちいち聞かなくても、そんなのいいに決まってるでしょ」

俺はアリーナ様の許可を得ると、ワレメの浅い部分にある溝《みぞ》全体をペニスで擦っていく。

「はんっ!!　あんんっ……！」

愛液の量が少ないのが影響して摩擦が強いのか、アリーナ様の反応は劇的だ。一往復ごとに身体をビクビクと震わせる。よほどの刺激が襲っているのか、腰に回していた手に力を込めてきた。

「ふーっ！　ふーっ!!」

それでも腰を前後に動かす。すると次第に愛液の量が増していき、滑りがよくなっていく。

その勢いに任せて、俺はワレメからお尻の穴までを含めて、ペニスでぞろりとなぞった。

「ふっ……あんっ……！」

アリーナ様は、いつもの性行為でも触られないような場所を擦られて、可愛い声を上げた。

そして愛液が十分に分泌されてきたので、俺はアリーナ様に少しだけ要求をした。

「あ……アリーナ様！　太股、きゅってしてもらえますか？」

滑りがよくなってきたところで、俺はさらなる刺激を求め、ペニスが滑る隙間を狭くしてもらう。

「へ……あんっ……う……うんん……」

アリーナ様が太股を締めてくれたおかげで、ワレメと太股の両方に圧迫された。

「おふっ……すご……。アリーナ様の太股擬似まんこ、すごい締まりです……」

「こ……これ、おまんこにめり込んで……、だっダメになりそ……うううう!!」

キツく絞まった擬似まんこでペニスを擦りながら引くと、アリーナ様は嬌声を上げた。

「はぁっ……ナオークぅ……こんな、これ……ダメ！　本当に！　頭真っ白になる！　ずっとお豆潰れちゃってる！　このままじゃ、イッちゃう……うぅうう……」

アリーナ様は俺の背中に爪を立てて、浮ついてしまった気持ちを抑え込もうとする。

「すみませんアリーナ様！　気持ち良すぎて擬似セックス止められません！」

「んあっ！　あああ!!　あんんっ!!　ビリビリしてる！　おまんこビリビリしてるからぁ!!」

俺は泣きが混じりはじめたアリーナ様の言葉を無視して、激しく腰を振った。

「もっと気持ち良くなってください！　嫌なこと全部忘れるくらいおまんこしましょう！　今はそれだけ考えてればいいですから！　後は全部俺がやるんで、全部任せてください！」

それも全部、アリーナ様を思ってのことだ。これが終わったあと、どんなに怒られても構わない。

俺は今、アリーナ様の胸中を埋め尽くしている不安を取り除いてあげたかった。

「ほわっ……」

急に、アリーナ様は埋めていた顔を上げると、焦点の合わない瞳を俺のほうへと向けた。

「はああ……視界ぃ……真っ白ぉ……ナオーク、そこに、そこにいる？　ちゃんと、あたし掴んでくれてる……？」

「大丈夫です、絶対に放しません。ほら、アリーナ様も俺のこと掴んでるでしょ？」

「う……うぅう……んんん……これ、ナオーク。ナオークが抱きしめてくれてるぅ……あぁっ」

それでも不安そうにするアリーナ様を落ち着かせるため、俺はアリーナ様の頬に手を当てた。それだけで、緊張していたアリーナ様の表情は、若干弛緩する。

「もっと身体の力を抜いて、気持ちいいことに意識集中してください！　激しくしますよ！」

「うぇぁ……？　あひっ!!」

アリーナ様と俺のお腹がぶつかって、バチンバチンと肉のぶつかり合う音が響く。

「んひぃ!!　あんんんっ!!　きもちいっ！　イク！　はひゅ……っ!!　も……頭真っ白にな……うううううううう!!」

びくりびくりと身体を痙攣させて、アリーナ様は全身を緊張させながら背筋を反らした。

「いぃ……!!　きもち……いぃっ……あぅ」

痙攣が止むと、アリーナ様の身体から徐々に力が抜けていく。

「はぁ……はぁ……んっ……はぁ……」

まったく力が入らないのか、アリーナ様は全身を俺にもたれて、荒い呼吸を繰り返した。

「どうですか？　気持ち良かったですか？」

労《いたわ》るようにアリーナ様の背中を撫でる。

「う……うん……気持ち良かったぁ……あっふあぁ……」

身体の力が抜けすぎて尿道が緩んだのか、アリーナ様は俺におしっこをかけながら返事をした。

第三話　不安で潤む瞳

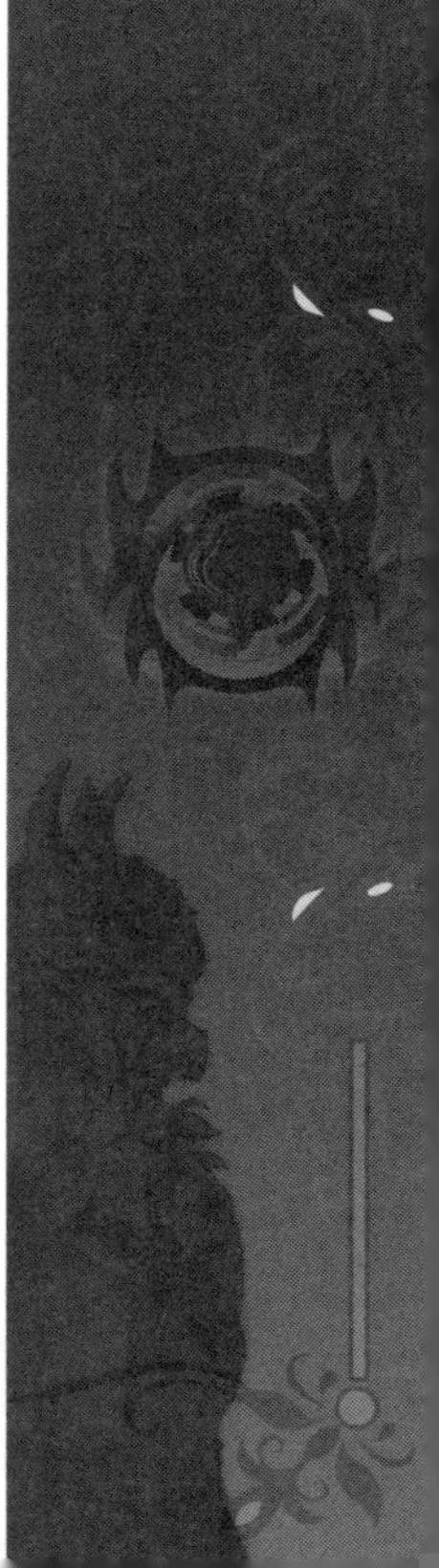

倒れそうになるアリーナ様を抱っこして、ベッドへと移動する。

今日はこのまま寝かしつけてしまおうと思っての行動だったのだが——。

「ナオーク……ダメ、まだ……足りないから……」

ベッドに横になったアリーナ様は、両腕を伸ばして直前の行為の続きを催促してきた。

「でも、疲れてませんか？」

「ちょっと疲れてるけど……でも、今はナオークを感じたくて……」

「アリーナ様……」

いつもなら絶対に出てこないような言葉に、感動で視界が潤んだ。俺は思わずアリーナ様に飛びついて、抱きしめる。

「もう、強引なんだから……」

とは言うものの、アリーナ様の抵抗は弱い。俺は甘えるようにアリーナ様のおっぱいへ顔を埋めた。

「もう、ナオークってば甘えん坊なの？」

さっきとは正反対に、今度はアリーナ様が俺の頭を優しく撫でた。

「ちゅぱっ……ちゅぅうれろっ」

「んんっ!!　まだ余韻が残ってる……んっ、ちょっと舐められただけなのに……乳首ピリピリする」

「ちゅぱっ、アリーナ様の乳首、コリコリですごく美味しいですよ」

「わ……分かったから、乳首ばっかり舐めないで……早く。お腹の奥がジンジンして我慢出来ない……」

アリーナ様は、ぐちょぐちょに濡れたワレメを両手で広げて俺を誘う。

「ごくっ……」

そのあまりの艶やかさに、俺は思わず唾を飲み込んだ。

興奮で身体中を赤くしているアリーナ様が、まんこを広げてペニスの挿入を待っていることなんて、今後も含めてもうないかもしれない。

俺はその姿をしっかり脳内に焼き付けた後、アリーナ様のワレメへとペニスをあてがった。

「いきますよ……！」

俺はアリーナ様に呼びかけながら、ぐっと腰を突き出した。

「ンンンッ!!　あっあっあっ!!　あんんんッ!!」

「くぅ……！」

ペニスが奥へと進めば進むほど、アリーナ様は快楽を押さえきれずに声をあげた。俺もアリーナ様のまんこの感触に耐えきれず、声が出る。

落ち込んでいてもアリーナ様のまんこの感触は、相変わらずの気持ちよさだ。

「んっ……くあっ！　はぅ……あ！　な、ナオークのおちんちんで、お腹ぱんぱんになっちゃった……♥」

アリーナ様は俺のペニスが奥まで差し込まれ、満足そうにお腹に手を当てた。

「ほら、お腹の上からでも、ナオークの大っきなおちんちん分かる……」

下腹部を押すように撫でているのが、薄い肉の壁からペニスにも伝わってきた。

俺はペニスが馴染むまでヒダヒダの膣壁を堪能した後、ゆっくりと動き始めた。

敷き詰められたヒダヒダがカリの溝を何度もブラッシングする。ただ前後に動かしてるだけなのに、全身が浮つくほどの快感が駆け上がる。

「……くっ」

「ふっ……、んなぁぁ！」

これ以上アリーナ様に情けない姿を見せるわけにはいかないと、必死に歯を食いしばる。多少動きはぎこちなくなったが、それでもアリーナ様は嬌声を響かせる。

「アリーナ様のまんこ……今日は一段と……気持ちいいぃ……」

奥へと突き入れるときは柔らかく、吸いつくような柔らかさで亀頭に密着し、引き抜こうとするときはぎゅっと、逃がさないように縮みあがる。俺の精巣に生成された精子を一滴残らず絞り取ろうとしているんだろう。

「ふっ……うぅ！　カリが、おまんこに……引っかかって……ぇう!!」

アリーナ様のまんこは、よほど俺の亀頭が気に入ったようだった。念入りに絡みつき、放さない。

それに加えてさらに感じやすくなるように、膣の形が変わっていく。

子宮は浅いところまで降りてきて、膣肉がみっちりとつまり、ヒダヒダの密度が増した。優しく払うような動きで俺を気持ちよくしてくれていたヒダが、固めの歯ブラシのように強引な責めに変化する。

「うぐう！　や……やばっ……」

膣ブラシが容赦なく裏筋とカリをゴシゴシと擦る。それまでのすばらしい快感が、物足りなかったと感じてしまうほどだ。

「ふっ……くぅ！」

その刺激に、思わず尿道からびゅるりと気持ちよさが先走る。

「は……うっ、ふふ、ちょっと出ちゃったわね、ナオーク♥」

「アリーナ様のまんこが気持ち良すぎるのがいけないんですよ……形まで変えて、そんなに俺の精液欲しいんですか……？」

「は……恥ずかしいこと言わせないでよ、あんた、ちょっと調子に乗ってるんじゃないでしょうね……んひぃん!!」

「そうかもしれません……でも、アリーナ様が俺の精液欲しいっていうなら、俺、頑張りますよ？」

子宮にぐりぐりとペニスを押し込んで、いつでも弾けさせることが出来ることをアピールすると、アリーナ様は目を見開いて大きく頷いた。

「分かりました、それじゃあ、アリーナ様の準備万端まんこで、俺のペニス使わせて貰いますね！」

俺は押しつけていたペニスを勢いよく引き抜いた。

「うっ……くうううぅうう!!」

「あひ!!　おちんちん抜くの気持ちいい!!」

密度が上がったまんこは、アリーナ様自身の感度も上げてしまっていたようだった。

ペニスを引いただけで、敷き詰められたヒダがブルブルと震えている。それもそうだろう、身体の中でもっとも敏感な部分がさらに密集したのだ。ペニスが触れる、快楽を受け取る器官の数がさっきまでとは段違いだ。

一分と経たないうちに、ペニスが一回り大きくなった。

「待ってナオーク！　手……手、握って……！　そしたら一緒に……！」

アリーナ様は次々に溢れてくる快楽に目を細めながら、腰にあてがわれていた俺の手を取った。

「はい……一緒に、イキましょう……！」

俺はアリーナ様と、指を組むようにして両手を握った。

たったそれだけのことなのに、まるで心まで一つになったような一体感が心を満たしていく。

「すご……ナオーク♥　こんな凄いの……はじめて！　胸がいっぱいになって、子宮が喜んでるの分かる！　ナオーク！　あたし……あたしもう!!」

連続で膣壁が、ビクビクビクッと収縮した。

俺は握った手に力を込めて、アリーナ様と最高の一瞬を共有するため、思い切り腰を振った。

「俺も……！　イッちゃいます！」

「うん！　特濃の精子……あたしの膣内に出しなさい！」

「はい、はい！」

俺は大きく腰をグラインドさせて、ペニスの高まりを助長させた。そして――。

「イッッッッグウウウウ!!」

「うあああああああぁぁぁぁ!!」

膣壁の締めつけが一段とキツくなると同時に、俺のペニスは肥大して、金玉に溜まった種汁を、最後の一滴まで絞り出した。

「ふああああっ!!　ああああぁン!!　ああああ!!」

アリーナ様は俺の手をぎゅっと強く握りしめながら、絶頂を迎えた。最高に幸せそうな表情をしながら。

「はぁ……んっ……はっ……あ、あっ……」

アリーナ様はビクビクと、舌をピンと伸ばしながら痙攣を繰り返している。

「んっ……アリーナ様……」

俺はその突き出された舌を口に含み、丹念に愛撫した。温かく、ねっとりとした唾をすすり、絶頂の悦楽に震える舌をこれでもかと扱く。

「あぅ……あぅ、ナオーヒュ……ベロシコシコしひゃらめ……まらイッひゃう……」

「んむ……ちゅぷっ、アリーナ様の舌が可愛くてつい……むっ、ちゅぷっ!」

「ひゃあああ……♥　ん……♥」

悦楽に浸ったアリーナ様に、俺は一つ、お願いをする。

「アリーナ様……あの、今度は……」

「あむっ……ふふ、分かってるわよ、ナオーク。今度は、あたしがしてあげる」

アリーナ様のだらしなく緩んだ表情が、怪しく変貌する。

どうやら、ようやくアリーナ様は調子を取り戻し始めたようだった。

第四話　信頼

アリーナ様は腰を浮かせることで、俺のペニスの向きを変えた。

「うっ……」

無理に下方向を向かせられたことで、ペニスが鈍い痛みを発した。

「んっ……あは、おちんちんビクってなった。それじゃあ、連続してやったらどう？」

くいっくいっと腰を何度も上下させられると、嫌でも痛みを伴った快感がペニスに与えられる。

「よっ……ふふ、まだまだ激しくしていくわよ？　ちゃんと耐えないと、あとでたっぷりお仕置きだからね♥」

アリーナ様は片肘をついて、身体に力を入れやすい体勢を取る。俺を逃がさないように、両足を腰に回してがっちりとホールドした。

「可愛いナオークの頼み、ちゃ～んと聞いてあげないと……ねっ！」

腰をホールドしている足に力が込められ、俺のペニスはぐちょりといやらしい音を立てて、アリーナ様の最奥までねじ込まれた。それにより膣奥で混じり合っていた精液と愛液が、結合部の隙間から、ぶちょぶちょと排出される。

ちょうど亀頭が子宮口に収まる位置に、粗めのヒダヒダが用意されていた。上手い具合に配置されたそれにより、俺は苦しいくらいの悦楽に飲み込まれる。

「うっ……くあっ……」

「ナオークらしい表情になってきたわね」

アリーナ様はそう言うと、ガンガンに腰を振り始めた。バチュンバチュンと肉と肉がぶつかりあう。結合部まで漏れ出ていた体液が、泡立ち、ホカホカと湯気が立ち始めた。

「あくっ！　いぃ……ああ!!」

暴力的な性的快感を与えられ、食いしばっていた口の端から、俺は嬌声を漏らした。

「腰が引けてるわよ、ナオーク！　そんなんじゃ、あたしを奥まで堪能できないでしょ？　ほら、もっと腰を突き入れなさい！」

後ろへと引いていた腰は、アリーナ様まんこを上へ突き上げるのと、腰に回った足を絞められることよって、ビッタリと密着してしまった。

「あっ……くっ……あ」

「自分からお願いしておいて逃げだそうとするなんて……本当にマゾなの？」

「ご……ごめんなさい……」

「ダメ、許してあげない。……んっ」

そう言うとアリーナ様は組んでいた足を解き、ペニスを引き抜いてしまった。ぶるんと弾け出たペニスは、行き場をなくして寂しげにひくついた。その先端からは、透明な液体が止め処なく流れ出ていた。

「お、あ、ず、け」

アリーナ様は、嗜虐的な笑顔を浮かべた。

「そん……な！」

「あれ、セックス止めたかったんじゃないの？　だから腰を引いてたんでしょ？」

ペニスの目と鼻の先にまんこをちらつかせ、アリーナ様は腰をゆっくりと円形に回した。

「ナオークが大好きなおまんこ、こんなに近くにあるのに、お預けされるなんて、本当に可哀想ね♥」

「あ……ああ！　そ、アリーナ様、お願いします！　おまんこの続き……してください！」

「あれ？　おかしいわね、あんたさっきあたしの膣内から逃げようとしてなかった？」

「そ……それはぁ……！　あ、気持ち良すぎて、わけ分からなくなっちゃったせいで……！　お、お願いします、もう一度挿入させて……ください」

俺は、目の前で踊るアリーナ様のまんこに向けて、必死にペニスを突き出した。だけど、アリーナ様は腰を上手に動かして、俺のペニスは躱《かわ》されてしまう。

「今日はもう、これで終わりにしちゃいましょうか。あたしは十分満足出来たし、いいわよね？」

アリーナ様が自分のワレメの中へ指を入れ、ぐちゅりぐちゅりと数度まさぐると、膣内に残っていた精液が掻き出された。

その光景を見て、喉がごくりと鳴った。

「そんなに、まだあたしとセックスしたいの？」

俺はアリーナ様の問いかけに、必死に頷いた。

「ふぅん……。たしかに、こんなに金玉たぷたぷさせてるもんね」

アリーナ様は足の指を使って俺の金玉を持ち上げる。さっきの射精からあまり時間が経っていないにも関わらず、俺の睾丸はすでに相当な量の精液を溜めているようだった。

「分かった、じゃあ挿入させてあげる」

その言葉に、勢いよく反応する。

「あっ、ありがとうございます！」

「だけど……」

アリーナ様は口の端を歪める。

「この一発を受けて、耐えられたら、ね？」

膝を器用に曲げて脊力をつけると、それを勢いよく爆発させた。

「……え？　――おゴッ!?」

その蹴りは肉竿と睾丸を巻き込んで、俺の股間にめり込んだ。

気絶しそうになるほどの痛みを、俺は歯を食いしばってその痛みを――。

「うぎいいいいいいいい!!」

耐えることが出来なかった。

泡を吹き、白目を剥いて、意識が遠のく。脂汗が顔中に浮き上がった。

「――はっ、はっ、はっ」

それでもなんとか意識を保つ。

「こ……これで、もう一度……おまんこして、くれますか？」

「ふぅん、やるじゃない。はぁ、仕方ないわね、続き、やらせてあげる」

今の一撃でさらに硬度が増したペニスに、トロトロになったまんこが被さっていく。

「あああ……あああああおお……!!」

おあずけされて渇望していたまんこの感触に、背筋がぞくぞくと震えた。

「素直な反応するじゃない。どう？　おあずけされた後のあたしのおまんこ。さっきよりももっと気持ちいいんじゃない？」

「ぇう……あっ」

言葉にすることが出来ないほど、同意だった。俺のペニスは完璧にアリーナ様のまんこに屈服していた。

その証拠に、挿入した瞬間、精巣に溜まった精液が飛び出してしまっていた。

「あんなに痛い目にあったのに、無様に射精しちゃって……。おちんちんだけは萎えさせないでよね♥　って、そんなの聞かなくても大丈夫か、おちんちんが元気なことだけがナオークの取り柄だもんね」

アリーナ様は俺の調子も確認せず、激しく腰を振る。

俺のほうが有利な体位のはずなのに、それを感じさせないほど激しく腰を振ってくる。

「うひぃ……あああ!!　そ、んんはぁ!!」

容赦のないピストンと、強烈な快感を送るヒダヒダが、射精したばかりの亀頭を丹念に磨いていく。

「あ……あひ、あひ……!!　ま、また……出る……！　すぐ射精しちゃいます!!」

幾度目かの射精とは思えないほど、濃い、塊のような精液が吐き出された。

ゼリー状の塊が、ペニスと子宮の間に鎮座する。奥に突き入れられるたびに、ゼリー状の精液が適度に潰れ、ぷちぷちとした感触で刺激に変化をつけてくる。

「す……すっごい濃いの出たみたいね……子宮口にねっとり居座って、あたしを妊娠させようとしてるの分かるわよ。ほんと、図々しいんだから」

それでも、アリーナ様はピストンを止めようとしない。

「もう、気持ちいいの止まらないんでしょ？　二回も射精して、おちんちんの感度、最高潮になってるはずだもんね。だから……」

おまんこ止めてあげないと、とアリーナ様は意地悪く笑った。そんな表情で見下されて、俺の気持ちがさらに高まる。

「この調子だと、すぐにまた射精しちゃうんじゃない？」

アリーナ様の予想は合っている。

膨張は限界で、ギチギチまで張ったペニスはもう止まらない。

「はうっ……はっ……はっ、射精の膨張で……あたしのおまんこ拡張されてる……ああっ、んんっ！」

「あぁ……あり、な様……！　で、射精《で》る！　また、射精《で》ます……ぅぅうう!!」

我慢出来ずに漏れ出た精液は、まったく勢いを衰えさせることなく、ゼリー状の精液が留まっている子宮口へと吐き出された。

「んぎゅう！　せ……精子ぃ……おまんこの中で泳ぎ回ってるぅ……ヒダヒダの奥まで精子泳いで……あぅ……い、イぐ……!!　あたしも……我慢出来ない！　おまんこ、精子の遊び場にされて……いぐぅ!!」

ビクビクッ、ビクビクッと独特な痙攣をして、アリーナ様は絶頂した。

「はぁ……はぁ……んっ……はっ……ふぅ……」

「はあ、はあ……」

お互いに吐く息だけが、部屋に木霊した。

どちらからともなく寄り添いあった。

「……ナオーク、今日はありがと」

仰向けになった俺に馬乗りになって、真剣な眼差しを向けるアリーナ様。

「あたしもまだまだね。あんたがいなくちゃ、きっとまだうじうじしてたわ」

「やめてくださいよ。俺はただ、いつものアリーナ様に戻って欲しかっただけなんですから」

「口が上手いんだから……本当に、あんたがオークだってこと忘れそうになるわ」

「褒め言葉ですか？」

不意に目と目が合った。それがなんとなく面白くて、俺は笑い出してしまった。

「なによ、ふふっ」

アリーナ様もそんな俺を見て笑いだした。

第五話
難航

「当面は休養になるな」

アリーナ様と一緒にエルゼの元を訪れ、アモナ攻略の目途が立ったかどうかを聞きいたら返ってきた答えが、それだった。

「やっぱりそうなるわよね……」

「すまんな。だが、あの化け物をどうにかする案となると……やはりどうしてもな……」

「分かってるわよ。別に文句言いに来たわけじゃないしね」

すっかり本調子を取り戻していたアリーナ様は、腕を組んで仁王立ちしている。

「出来るだけ早く立案くらいしたいんだが、なにぶん攻略のとっかかりもなくてな……。お前たちはそのときがくるまでゆっくりしていろ」

「あいつに勝てるなら……あたしは何だってするわよ。そのための作戦、期待してるんだからね！　行くわよ、ナオーク」

サバサバと部屋を出て行ったアリーナ様を追おうとして、立ち止まる。振り返って、頭の回転を再開し始めたエルゼに声をかける。

「エルゼばっかりに負担をかけちゃって、すみません……」

「気にするな。これが私の仕事でもあるからな。……早く行かないとアリーナにどやされるぞ」

机に向かうエルゼに頭を下げて、俺はその場を後にした。

「遅いわよ、ナオーク」

「アリーナ様が早すぎるんですって。……それで、今日はどうしますか？　またふら〜っと散歩でもします？」

最近はふたりで里のあちこちを歩きまわったり、森の中を散策したりして過ごすのが日課になっていた。今日もそうするものだと思って提案したのだが、アリーナ様からは意外な答えが返ってきた。

「うーん、そうね……。今日は、止めとくわ。そのかわりあたし、ちょっと特訓してくる」

「え？」

「今はそんな気分なのよ。引きこもってた間に弱くなってるかも知れないし、このままじゃ再戦したって勝ち目ないじゃない？　あたし、ちょっとひとっ走り行ってくるわ！」

「ちょ！　アリーナ様!?」

アリーナ様は風のように、その場から走り去ってしまった。

(どうしよう……。追いかけるべきか……いや、でももう姿も見えないし……それに)

どこで特訓するとかも言い残さずに行ってしまったのだ、追いかけようもない。

追いかけたら追いかけたで、アリーナ様の地獄の特訓に付き合わされていたかもしれないことを考えると、どちらが正解なのか、分からなくなってくるが。

「ナオーク君！」

背後から突然話しかけられ、振り向くと目に涙を浮かべて俺を見つめるレーニさんがいた。

「お久しぶりです、レーニさん！　こんなところでなにしてるんですか？」

レーニさんは、村の復興で忙しくしていたはずではなかったか。そんな疑問をよそに、レーニさんは俺に駆け寄ると抱きついてきた。

「な！　なななな！　ちょっとレーニさん!?」

いきなり抱きつかれた俺は、あたふたと手を慌ただしく動かすことしか出来なかった。

「無事で良かったわ、ナオーク君……。本当に、心配したのよ。カティアさんも最前線に出ているって聞いていて……もう、会えないんじゃないかって……」

誰かから遠征が失敗したことを聞いたのか。こんなに心配させてしまうなら、すぐにでも会いに行くべきだったかもしれない。

「心配させてしまってすみません。このとおり、俺も含めて全員無事なので、安心してください」

「本当なの？　……それなら良かったわ。わたし、本当に心臓が張り裂けてしまいそうで……」

そう言うレーニさんは、胸に手を当てて視線を下へと落とした。

「あ～……そうだ、あっちのほうに良い景色が見られる場所があるんですよ。気晴らしにちょっと行ってみませんか？」

レーニさんをエスコートして、俺はエルフの森の中を突き進んだ。その道中で、同盟軍に何があったのかを話してきかせた。

「エルゼさんやアリーナさんでも敵わないなんて……。魔族のお姫様はとんでもない強さを持っているのね……」

「はい……。それで今、エルゼが必死に頭を働かせて打開策を考えているんですけど……」

よほど何も思い浮かばないのか、ほとんど籠もりきりだ。

「そうこうしている間にも、またいつ魔物がこっちの村や町を襲いだすか……」

同盟軍の侵攻で魔族にもそれなりのダメージはあっただろうが、これまで数々の策略を駆使してきた魔族の姫のことを考えると、すぐに動ける戦力を温存していてもおかしくはない。

出来るだけ早い解決策の提示が必要な状況だ。

「気が抜けない状況なのね……」

「レーニさんのほうは、どうでしたか？　あれから町の復興、進みました？」

「ええ、元どおりとは言えないけど、町の人たちは全員戻ってきてくれてね♥　頑張ってくれているのよ。もう少しで瓦礫は全部撤去できるってところまできたの」

「凄いですね！　それじゃあ後で俺も手伝いに行きますよ。そうすれば残った瓦礫くらい、一日で終わらせちゃいます」

「ふふ、ナオーク君が手伝ってくれるなんて、頼もしいわ。お言葉に甘えちゃおうかしら」

「任せてください！　……あ、そろそろ着きますよ」

レーニさんとの会話は弾み、目的の場所へ着くまでの時間はあっという間だった。

「この茂みを抜けたところに――ほら！」

「あら……本当に、凄いわ……」

目の前に広がっていたのは、一面に咲く、白い花の群れだ。数千という花が舞い踊り、まるで天国に来てしまったかと錯覚してしまうほど、この場所は浮き世離れしていた。

「ここ、エルフの人たちもあんまり来ないんで、疲れたときに来る俺の癒しスポットなんです。たまにアリーナ様とか連れてきて、ゆっくりお茶を飲んで帰ったりしてるんですよね」

「エルフでも見つけられないこんな素敵な場所を発見出来るなんて、ナオーク君は凄いわね」

会話をしているうちに落ち着いてきていたレーニさんの心のしこりは、この光景を見たことで完全に吹き飛んだようだ。

「こっちの切り株にどうぞ。お茶でも飲みましょう」

鞄の中から水筒と携帯用のコップを取りだして、お茶を注ぎ、レーニさんへと手渡した。

「温《ぬる》くて申し訳ないですけど」

「あら、ありがとう。ちょうど喉が渇いていたの」

手渡されたお茶を一口飲んだレーニさんは、軽く息を吐いた。

「このお茶、すごく美味しいわね。ナオーク君が淹れたの？」

「あ、いえ。これはカティアさんに。最近することがなくて散歩が日課だって言ったら、持たせてくれるようになって。俺じゃあ、ここまで美味しく淹れられませんからね」

「残念、ナオーク君のお手製だと思ったのに」

子供っぽく頬を膨らませると、コップに残ったお茶を飲み干した。

「それにしても、本当に綺麗な場所ね……」

レーニさんと一緒に、俺は飽きるまでその景色を堪能した。

「それじゃあ、そろそろ行きましょうか」

どれくらいそうしていたのか、もうそろそろ夕日が沈みそうになところで、レーニさんから帰宅の提案がなされた。

「そうですね。あまり遅くならないうちに帰りましょうか」

最後に、この綺麗な花の絨毯を一瞥して、俺たちふたりはエルフの里へと戻っていった。

「ナオーク君、今日はありがとう。ちゃんと無事だってことを確認出来て良かったわ」

森を抜けてエルフの里へと入ると、レーニさんは俺の手を握って心配そうな表情を作る。俺はその表情を見て、ハッとした。

「お騒がせしちゃってすみません。今度はこんな心配させないようにしますから」

俺たちが戦いに出た後、こうやって心配してくれている人がいるなんて、考えてもみなかったのだ。心配させないように、とはなかなか出来ないだろうが、出来るだけ帰りを待つ人たちの心労を減らせるようにしよう、そう心に決めて、レーニさんの手を握り返した。

「？　レーニさん？　どうかしたんですか？」

急に黙り込んで、レーニさんは俺を見つめてきた。その視線は潤み、やけに熱っぽく感じる。

「え、あ……ごめんなさいね。ちょっとぼーっとしちゃって。歩き疲れちゃったのかしら。ナオーク君、ちょっとあっちの日陰で休ませてもらってもいいかしら」

レーニさんは、薄暗い路地裏を指さすと、俺の手を引いて歩いて行く。

「ちょ、ちょっとレーニさん。わ、分かりましたからそんな急がなくても」

「ごめんなさい、ナオーク君……わ、わたし、もう……我慢出来なくて……」

「え？　我慢って……」

レーニさんは路地裏の壁に俺を追い詰めると、強引にキスをして――。

「ナオーク君のにおい嗅いでたら、おちんちんが欲しくてたまらなくなってきちゃったの……」

と、俺の股間をまさぐるのだった。

第六話
淫魔の戯れ

「あ……あの、レーニさん……そんないきなり、あっ」

壊れ物でも扱うようにレーニさんはカリに指を引っかけてきて、ペニスが引っ張られた。

「ふふ……れろっ、凄い匂いね……。ちゃんとお風呂に入ってるの？」

おもむろに、裏筋を舐めあげられた。

「あの、ま……待ってください、誰かに見られちゃいますよ」

「大丈夫よ、さっきから誰も通ってないわ。それに元々人通りも少ないでしょ？」

レーニさんは俺の玉袋を指でたぷたぷと弄び始める。

「うふふ、ここにナオーク君が大事に育てたザーメンが蓄えられてるのね……」

コロコロと睾丸が指先の間で踊らされる。

「ナオーク君、玉を弄ばれるの、どんな気持ちなの？」

「あ……その、なんだか落ち着かない感じ……です」

男の弱点を弄ばれては、そうなってしまうのも仕方のないことだと思いたい。レーニさんがここで気まぐれをおこして全力で手に力を込めれば、数々の暴力を受け止めてきた俺の金玉も流石に終了のお知らせだ。

「ふふ、男の子の弱点を握られてるものね。でもほら、こうやって睾丸どうしでコリコリすると、気持ちいいでしょ？」

「あっ……くっ……」

玉同士が適度な力加減でぶつかり合い、スリルのなかにも確かな気持ちよさがあった。

直接的な痛みを伴うプレイが多いアリーナ様やエルゼとは違い、いつくるか分からないようなドキドキ感だ。

「はぁ！　はぁ！　はっ……！」

自然と息が荒くなり、顔中に汗が浮かび上がる。

「あぁ……こんなに美味しそうなの見せつけられたら……あもっ……ちゅろ……ぺろっ」

「はうっ!?」

ペニスの付け根と袋の際を、舐められて変な声が出てしまった。

「そっそんな場所、気持ちいいなんて……」

「知らなかったかしら？　じゃあ、ここを舐められる快感も……れろぉ～……」

「あ……あああ!!　おおおぉ～……」

玉袋の真ん中に走るつなぎ目が、大胆になぞりあげられた。ぞわぞわと、背筋に悪寒のような痺れが走った。

「やっぱり。金玉ヒクヒクして、気持ち良くなってるの伝わってくるわ」

身が竦《すく》むような快感で身動きが出来ない俺を気にすることなく、レーニさんに余った皮を甘噛みされた。

甘く歯ぎしりするように、左右に歯を動かされる。

「そっ……やっ、ばぁあ……」

いつ噛み千切られてもおかしくない、そんな恐怖によって快楽物質が頭の中に蔓延する。

「そう？　なら、もっとやってあげるわね……」

俺の反応を見て、レーニさんは甘噛みを止め、少しの痛みが伝わるように直接歯を立てた。

「ふふ、汚い袋、直接噛んじゃったわ……」

「ひっ……！　や、やめ……」

歯が直接当たる感触から、明らかに力がこもっているのが伝わってきた。

「大丈夫よ。噛み千切ったりしないわ。楽しみが終わっちゃうでしょ？」

そう言うレーニさんの瞳には、怪しい光が灯っていた。

（……？）

どこがとは言えないが、そのレーニさんの言葉に違和感を覚えた。

「それに、こんなに可愛い睾丸を潰しちゃうなんてもったいないわ。やるにしても、もっと味わってからでないと……」

ぞっとするような一言を言い放ちながら、レーニさんは俺の睾丸の付け根を指でこしょぐった。

「うふあ……!!　ふっ……!!　くぅんっ……」

普段触られないような場所だからか、自分でも驚くほどの高い声が口から漏れた。誰かに聞こえてしまうかもと慌てて口を押さえる。

「誰もいなくて良かったわね」

「はっ……はっ……」

目に涙が溜まる。こんな情けない姿を知らない人に見られるなんて……それだけはどうしても避けたかった。

「あら、またザーメンの量が増えたみたいね。緊張して雄汁作っちゃうなんて、ナオーク君は見込みがあるわ。ほら、その証拠にわたしが持ち上げていなくても、おちんちんがお腹に張り付いちゃってる」

これでもかというほど海綿体に血液が送られ、俺のペニスは自分でも驚くぐらい興奮した状態になっていた。

先端からダラダラと透明な液を排出しながら、いつでも発射できる準備が整っていく。

「いただきます……、ちゅぽんっ！　んろっ……んふ、」

「おっ……ほおおおぉぉ……」

何にも考えられなくなっていた隙をつかれ、レーニさんはたぽたぽの玉袋をお餅のようにつるりと口内に吸い込んだ。唾液で金玉全体を湿らせ、ちゅうちゅうと吸いつかれる。

「おろっ、れおろ、ちゅぽっれろ……袋に染みた男汁美味しい……」

可愛がるように舌が動かされ、口腔で金玉が何度もバウンドさせられる。

「ひっ……ひうっ！」

ときおり当たるエナメル質によって、いつ噛みつかれるのかという恐怖が頭の片隅にちらつき、身体が硬直してしまう。

「うれ……むちゅぅ……ぢゅ、ぢゅうう！」

そこに、ほっぺたをすぼめてのバキュームが襲いかかった。急な刺激に、足と腰が同時に跳ねる。

「あはっ……ぢゅぅぅうう……ちゅぱぁ！　何度でもお汁が出てきて、いくらでも味わえるわ……」

舌を突き出してまで俺の金玉に執着する姿を見て気持ち良さに震えながらも、頭の奥にある冷静な部分で、レーニさんへの違和感が確かなものへと変わった。

（絶対に変だ……）

睾丸をいいように弄ばれながらだとあまり説得力がないかもしれないが、レーニさんはこんなではない。

あまりにも下品というか……レーニさんらしくないのだ。清楚なレーニさんが、まんこのいやらしい音を立てたり、涎で顔が汚れることも厭わずに夢中で金玉に吸いつくなんて考えられない。

（もしかして、瘴気にあてられている？）

じっと目をこらしてみるが、しかし黒い霧のような影は見えない。

（そんな……それじゃあレーニさんがこうなっているのは、他に原因が？　それとも……）

これがレーニさんの本性だとでもいうのか。

（いや、そんなはずない。なにか……）

と、下半身に与えられる刺激に耐えきれず顔を上げてしまう。

「あふぁ……どんどん金玉の袋がふやけて、柔らかくなってきてますわ。これなら、もっともっと精液を溜められそう。あむにっ……ぢゅるっ……」

「おふぁ……れ、れーにさぁあ……はぁああ……！」

じんわりと押し寄せる快感に堪えきれず、俺はレーニさんの頭を押さえてしまった。

「あんっ……ちゅろっ……れろっ、ちゅぽっちゅ、ちゅ……」

俺の睾丸をさらに舐めようとレーニさんが頭を移動させたときだった。

（……ん？　あっ！）

俺はソレを確かに発見した。

レーニさんのうなじ辺り、通常の角度では見えにくい箇所に、淫魔の印が刷り込まれているのを。

俺の直感が、これだと告げていた。だとすれば、近くに……。

「くぅ……れ、レーニさん、すみません……」

丸呑みにされている睾丸からの快楽に耐えながら、俺はその淫魔の印を爪で引っ掻いた。

「きゃんっ！」

俺の予想どおり間近から悲鳴があがり、何もない空間から女性が現れた。

その女性は、裸よりも恥ずかしそうな、布の面積が極端に少ない服を身につけていた。

術がバレた勢いだろうか、尻餅をついている。

「いたた……。あら、バレてしまいましたわ」

そいつはお尻をさすりながら、悪びれもせずにそう言いながら立ち上がった。

第七話
抗いがたい誘惑

「お、お前がレーニさんに何かしたのか」

俺は目をつり上げてその女性を睨みつけた。

「あら怖いわね。そんな目で見ることないじゃない。ちょっとお腹が空いたから、ご飯にしようと思っただけよ。それに、あなたも気持ちいいでしょ？」

言動からこいつがサキュバスだというのが予想出来た。だからこそ、言葉が詰まる。

「そ、それは……」

言い訳できない状況だった。しかしサキュバスが仲間になっているなんて話は聞いていない。それに、こいつは姿を隠して誰にも見つからないようにしていたわけで、だとすれば敵のスパイである可能性が高い。そんな危ない魔物を放っておけるわけがない。

「うふっ、やっぱりしたいのね。細かいことは気にせずに、気持ち良くなりましょう♥」

サキュバスはレーニさんがしゃぶり続けているせいでガラ空きになっている竿に顔を近付けると、目を細めて舐めはじめた。

「ほあっ……あひ!!」

肉厚の舌がねっとりとペニス全体を包み込む。

「ふふふ、血管にどくんどくん血が通ってくのわかるわぁ。どんどんペニスが硬くなってきてるわね。やっぱりオークっていうのは快楽に忠実ね」

「くっ……そ、こんな……」

悔しいがサキュバスの舌はとんでもなく気持ち良かった。感触は本物の性器のようなのに、指先みたいに器用に動く。

「ちゅるっ、ほら、貴女ももっと頑張ってナオークくんを気持ち良くさせないと」

サキュバスがレーニさんの髪の毛を優しく撫でると、その頬はさらにトロけ、口に含めている睾丸を激しくくいバキュームしていく。

「気を取られたらダメよ、ナオークくん……ぢゅぱっ！　ぢゅるるるぅ!!」

「ほうっぅう!!」

サキュバスは口の中にペニスを頬張り、ひょっとこのように口をすぼめて、レーニさんにも負けない強烈なバキュームをおこないなう。喉奥までしっかりと、ペニスが差し込まれた。

反射的に動く喉が、絶妙な力加減で亀頭を締め上げる。

「ぢゅるる、くちゅ……んぐっ、ちゅぱっちゅ、んぐ」

「あっ……くぅう!!　あああっ！」

強烈な吸い込みと痙攣。それに、さきほどからずっと可愛がられている睾丸。二重三重の刺激に耐えきれず、サキュバスの喉奥へ、精液が吐き出された。

「んぐっ♪　……んんっ♪」

ずるりと口の中から、ペニスが引き抜かれる。途中、サキュバスののどちんこがカリに引っ掛かり、その刺激でペニスが跳ねた。

「んむぅ～♪　ぢゅるううぅっうん♪　流石、オークの精液は濃くって栄養満点ね」

「はぁ、もう……十分か？」

「あら、たった一回で？　冗談言わないで。まだまだ全然足りないわ。それに、こっちの美人ちゃんにも美味しい精液あげないと不公平でしょ？　ほら、貴女も金玉ばかりしゃぶってないで、こっちをやりなさい。ナオークくんをちゃんと気持ち良くさせられれば、ご褒美の汁が飲めるわよ？」

「あっ……はぁ、おちんちん……」

「そうそう、良かったわねナオークくん、レーニちゃんも貴方のおちんちん汁欲しいって思ってるみたいよ。れろっ」

レーニさんは焦点が合っていない目でペニスを追う。先にペニスを舐めだしたサキュバスを羨ましそうに横目でチラチラとのぞき込み、舌を突き出して俺のペニスを欲しがった。

「ほら、ナオークくん、お行儀良く待っているレーニちゃんに、ちゃんとおちんちん舐める許可をあげないと。れろぉ～……」

そんなこと言われても、状況についていけそうもない。快感だけが俺を支配しつつある。

「あっ……あぁ……レーニ、さん……あの、俺のペニス……舐めてください……」

「……！　あむっぢゅるれろあむくぅん……！」

欲望に流されてしまった俺の許可がおりるのと同時に、レーニさんは涎をまき散らしながら、ペニスを横から咥えた。ぐにぐにと俺のペニスの太さを確認しているかのようだ。

「レーニさん……うぅ」

柔らかい唇でペニスを揉まれる。射精したことで柔らかくなっていたペニスが再び硬くなった。

「うふふ、やっぱりオークって凄いわ。気持ちいいことに関してここまで素直な種族はなかなかいないもの」

「あむ……れろ……あむ。ナオーク君のおちんちん凄く硬くなっってるわ……」

「人間もなかなかだけどね♪　私も負けてられないわ、おちんちんいただきま～す♪」

レーニさんとサキュバスはペニス越しに唇を合わせた。お互いが求めるように舌を出して絡ませ、ふたりの舌で俺のペニスが挟み込まれた。

「あぅ……や、柔らかいのが、ペニスにねっとり纏わりついて……！」

ふたりの体温の違いか、温度差のある二つの舌が蠢いて、ペニスがどんどん硬くなっていく。

「えれろれろあむっちゅっ」

「あむ……あむっ、あむ……ちゅぱっ」

ふたりとも一心不乱に俺のペニスを味わっている。そんなふたりの口奉仕に俺のペニスはただのたうち、脈動することしかできない。

「我慢出来なかったらいつでも射精していいわよ、ナオークくん。レーニちゃんはいつでも精液受け付けてるみたいだから。くすくす♪」

「れろれろ……あぁ……もう、我慢出来ませんわ。おちんぽ、咥えてもいいかしら」

「構わないわよレーニちゃん、私は竿を舐めていられればそれでいいわ。……今はね」

「あ……ありがとうございまふ……む……あむ……」

大きな口を開けて、レーニさんは俺のペニスを咥え込む。だが、俺のペニスが大きいのか少し苦しそうだ。

「ん……んむぅ……」

それでも必死に、口に収まっている亀頭を舐め回している。それほど精液に飢えているのだろう。

「くっ……」

だけどいつまでも、サキュバスにいいようにされている訳にはいかない。

「あらぁ？　もう、無理したら身体に悪いのに……。男の子の意地って奴かしら？　おちんちんブルブル震わせてまで我慢しちゃって、ナオークくんってば可愛いところあるわね」

「サキュバスなんかに気に入られても……嬉しくない……うくぅあ！」

「つれないわね、れろれろ……れも、射精するまでもうちょっと、って感じね」

「くぅ……」

サキュバスの言うとおり、射精したことで感度が増したペニスは、限界に近付きつつあった。

特に、レーニさんの口に含まれたカリ部分の刺激。口内の天井にぺっとりと亀頭が張り付き、その周りを舌でべろべろと舐め回されているのだ。

「ちゅぱ……ほらレーニちゃん、やっちゃいなさい」

サキュバスの言葉にレーニさんはこくりと頷いた。そして舌をさらに蠢かせ、射精を促してくる。

「も……もう……我慢でき……ああっ！　あああああ！」

一際強くバキュームされ、俺のペニスは爆発した。

どくどくと排出される精液を一滴も逃すまいと、レーニさんは射精してからもちゅうちゅうとペニスをストローのようにして吸い続けた。

「ちゅぱっ……はぁはぁ……、な、ナオークくんの精液……多くて飲みきれないわ……」

レーニさんはあーんと口を開いて、溺れてしまいそうなほど中を満たす精液を見せつけてきた。

「あは、ですってよナオークくん♪　凄いじゃない」

レーニさんの口の中を指で掻き回して精液を指に絡ませると、サキュバスは美味しそうに舐め取った。

「あぁ……本当に美味しいわ……。あぁ、なんだか私、ちょっとスイッチ入っちゃったかも。ねえ、続きやりましょうよ」

と、ペニスをぺろぺろと舐めるサキュバスに、俺はストップを掛けた。

「こ、こんなことをしたって、俺は魔王軍に寝返ったりはしない……からな」

「え？　れろ、なんのこと？　……あぁ、そういえば最近何かやってたみたいだけど……私には関係ないわ」

きょとんとするサキュバスが、嘘を言っているようには見えない。

「……関係、ない？」

「ええ。私、そういう野蛮なのには興味ないの。だって、一度しかない人生でしょ？　それなのに戦争なんて、馬鹿馬鹿しくてやってられないわ。私は自分がやりたいことをやって、自由に生きるの」

「そ、それじゃあ本当に魔王軍とは関係ない？　で、でもじゃあなんで、こんな場所で俺たちを……」

「さっきも言ったでしょ、お腹が空いてたのよ。ほら、ここら辺って人間が多いから、食事に困らないのよ。だから、ね？　もうちょっとエッチなことしましょうよ」

サキュバスは俺の乳首をつんつんとつついたのだった。

第八話　両手に花

「ふふ、でも頑張るのは私じゃなくて、レーニちゃんのほうよ？」

「はぁはぁ！　ナオーク君！　早く、早くわたしの中に入れてちょうだい！　じゃないと、気が狂ってしまいそう……！」

レーニさんは精液でベタベタになった口で、俺へとキスしてきた。むわっとした青臭さが鼻につき、生暖かい精液が俺の唇を汚すが、不思議と嫌ではない。

「んあ……れ、レーニさん……」

それどころか、俺のほうから舌を突き出し、精液が満たされた口内へ突き進んでいった。

「ふふ、どうナオークくん？　レーニちゃんの口の中、とってもエッチになってるでしょ♥　ちょっとだけ弄って、ナオークくんがもっと気持ち良くなれるように変えてみたの。あぁ、勘違いしないでね。別に改造したとかそういうのじゃないわよ♥　少しの間だけ、エッチに適した形に矯正しただけ……私の魔法で、ね♪　それに、もう一度淫魔の印をつけさせてもらったわ」

俺の耳に、ふっと息を吹き掛けながら、サキュバスは囁いた。

「ほら、私たちに身を任せて、身体の力を抜きましょう♥」

とん、と肩にサキュバスの手が置かれた。それだけで、俺は膝から崩れ落ちるように、その場所で尻餅をついてしまった。身体に全く力が入らない。

――しまった！　と思うも時すでに遅く、レーニさんは倒れた俺のマウントを取ると、がに股で腰を下ろした

「あああっ……!!　おちんちん……わたしに突き刺さっていく……！」

「あはっ、ここからだとレーニちゃんのおまんこが美味しそうにオチンチンにかぶりついてるのがよく見えるわ。おまんこのフチからじゅぶじゅぶ涎垂れ流して、よっぽどナオークくんの極太チンコが欲しかったみたいね。うふふ、それにお尻の穴までヒクヒクさせちゃってる。ほんとにナオークくんのおちんちんが気持ちいいのよ、そうでしょレーニちゃん」

「え、ええ……我慢してたのも、んっ……あるけど、ナオーク君のオチンチンにおまんこ広げられて、支配されてるの……」

きゅんっと膣全体が引き締まる。それで空気が抜けたのか、ぐっと締めつけがキツくなる。筋肉が攣《つ》るような痛みがペニスを苛《さいな》む。

「うっ……ぐぅ、づぅ……」

逃げだしたくても、馬乗りになられては自分から引き抜くことも出来ない。それなのに俺のペニスは……ますますパンパンに腫れ上がる。

「ほらほら、挿入しただけじゃ気持ち良くなれないわよ。もっと激しく動かないと」

「そう……よね。あんっ……」

サキュバスの言葉に促されて、レーニさんは足に力を入れ、ゆっくりと動き出す。

いつもならそんな大したことない動きだが、ほとんど真空となっているまんこの吸引力は俺の予想を大きく上回り、ぐいぐいとペニスを引っ張り上げていく。

鬱血してしまうのではないかというほどの吸引力だ。それでも湧き出る潤滑液のおかげか、少しずつ動き始めた。

「ふああ……!! オチンチンがぁ～……おまんこ気持ち良くなってるぅうう……」

一度アクションを起こしただけだというのに、レーニさんはガクガクと足を震わせて、今にも絶頂してしまいそうになっていた。

「ねえ、ナオークくんはレーニちゃんのために動いてあげないの?」

まんこの強すぎる吸引によって、強烈な快楽を与えられている俺は、サキュバスの言葉に、返事をする余裕がない。

「大変そうねぇ、それじゃあ、私がお手伝いしてあげるわ」

サキュバスはレーニさんのお尻の下、すなわち俺の股間部分へと顔を埋めた。いったい何をするつもりなのか——一瞬だけ頭をよぎったその考えは、すぐに霧散した。

「れろれろ……、ちゅううぅっ!」

「おふぅう!?」

不意に与えられた尻穴へ衝撃に、口を尖らせながら声になっていないような声が漏れた。同時にその衝撃から身を逃がそうと、尻が浮き上がる。

「おぉおおおオチンポつよいぃぃいひぃ!」

その突き上げはレーニさんのお腹を押し上げて、引き抜こうとしていた彼女の頭をペニス一色に染め上げる。

その間にも異物がぬるりと肛門括約筋を押し広げ、グネグネと身を捩りながら侵入してくる。

「ふっ、ふっ、ふっ……！　な……何して……」

「ぷふっ、えぇ♥　何ってそんなの決まっているじゃない。アナルを舐めてるのよ」

サキュバスはあっけらかんと言い放つ。顔は見えなくても、彼女がとてもいい笑顔を浮かべているだろうと分かる声色だった。

「うふふ、ナオークくん、貴方って乳首だけじゃなくてお尻の穴も弱いのね。ふふふ、だったら遠慮せずにアナル虐めてあげるわね。――すぅ、はぁ～香ばしいアナルの臭い……んっぇれろぉ……」

「おひっ……！　おおっ……！」

尻の皺を一つ一つ丁寧に舐められ、グリグリと皺を伸ばされる。

「んれぇ、んんんっ、れろれろ、んっ」

俺の尻穴の皺をなくして、つるつるにでもしようとしているのか、サキュバスは執拗にアナルの皺に舌をぐりぐりと押しつけてくる。舐め上がられるたびに、反射的に腰が浮き上がり、レーニさんのお腹を内側から叩く。これの繰り返しだ。

「んっ……ちゅぱっ。ふぅ、ナオークくんってアナルもちゃんと綺麗にしてるのね。ちょっと意外だったわ」

「意外って……くぅ！　それくらい、誰だって綺麗にしますよ……うくぅ……！」

「だったら貴方は、普通のオークとは違うわね。ま、私は汚いより綺麗なほうがいいから、やりやすくていいけど……あ～む、れろぉ」

「おうっ!?　あ……舌……中に、入って……」

きゅっと絞められていた肛門括約筋が強引に押し広げられ、肉の塊が俺の体内へ侵入してきた。その塊は尻穴を広げるように大きな円を描く。

「や……やめ、舌っ、ながぁ……そんなのされたら尻穴が……広がっうぐううう」

「広げるだけけりゃ……ないわよ？」

ぐっと舌が奥へと伸びて、男の快感スイッチを一舐めされた。

「ほぉおおおおお!!」

「あひぃん！　な、ナオークっ、君んん!!　はげしっ……ああああ!!」

「オチンチンビーンってなってる♪　これじゃあ射精するのも時間の問題かしら？」

触れただけで気持ちよさしか考えられなくなる器官を、巧みな動きで何度も何度も舐められ続ける。

「ナッ、ナオーク君、まっ！　だめぇ！　そんなに激しくぅ、おまんこされたら、子宮が壊れちゃうわ！　ああ……!!　あああああ！　アひぃいいいっ!!」

遠くからレーニさんがよがる声が聞こえてくるが、俺はもう今、気持ち良くなっているという情報しか入ってこない。

どれだけ腰を振っているかよりも、この、舌から間欠泉のように突沸する快楽から逃げたいという思いが俺を突き動かしていた。

「うふっ、うふふ、周りの声も聞こえなくなっちゃうくらい気持ち良くなっちゃうなんて♪　排泄するための穴で、男の子なのにねえ？」

激しい耳鳴りで俺の意識は溶かされる、甘いサキュバスの言葉が俺を支配していく。

「あああ!!　ああああんんんんっ！　わ、わたしぃ！　もう、ダメ……おまんこ限界で、イク！

ナオーク君から乱暴にちんちん叩きつけられて、頭真っ白になるわ！」

「レーニちゃんもそろそろ限界みたいだし、ナオークくんには私からプレゼントをあげるわ」

「ぷ……プレゼン……とぉお……？」

今以上に何か刺激を与えられても、俺にそれを許容できる余裕はあるだろうか。いや、ない。あるわけがない。だから俺は必死で首を左右に振るが――。

「サキュバスの魔力を込めた、全力の舌先愛撫……受け取ってね」

ぞわりと、前立腺が舐め上げられた。全身が毛羽立ち、一瞬だけ理性が戻ってきた。

（あぁ……くる……凄いのくる……これダメだ……止められない。俺、男なのに、雌の気持ちよさで……ああああああああああああ!!）

「ああ……あああんんんんんんっ!!」

レーニさんが叫びながら絶頂すると同時に、

「おぐぅうううううう!!　頭馬鹿になるウウウウウゥ!!　うううううううう!!」

豚のような潰れた叫び声を上げて、アナル絶頂を果たした。

しゅわしゅわと溶ける意識のなか、サキュバスは恍惚の表情を浮かべ、

「あっあああキタキタキタぁ～……レーニちゃんの感覚が淫魔の印ごしに伝わってきて……はあああああ～……お腹が満たされるぅぅぅぅ～……」

と、自らの食欲を満たしていた。

第九話
束の間の時間

「うふふ、そんなにツンケンしないでよ。あ、そういえばまだ自己紹介もしていなかったわね、私はフェリシー、よろしくね」

気絶してしまったレーニさんを背負って、帰ろうとしている俺にフェリシーと名乗ったそのサキュバスは、妙に近い距離感で絡んでくる。

「あの、なんで俺についてきてるんですか？」

「え、それはなんかほら、なんとなくじゃないかしら。他にお喋り相手もいないじゃない」

その返事を聞いて、なんというか、さすが魔族の女王の命令も聞かずに生きてきた、というだけはあるな、と感じた。

「はぁ……」

自然と大きなため息が出てしまう。

「も～、何に悩んでるのか知らないけど、悩み事があるならエッチなことすればすぐに解決するわよ。なんなら私を使ってもいいわよ？」

「いえ、そういうのじゃないんで……。ほんと、勘弁してください」

つい先ほどまで弄られていた尻の穴が疼くのを感じながら、俺は必死にその誘いを断っていた。

一度だけならまだ振り切れるが、あんなのを身体に覚え込まされたら、まともな日常生活が送れなくなってしまう。

「そう？　まあいいわ。じゃあ今日はお腹いっぱいだし、また来るわね」

ばいば〜い、と手を振りながら、フェリシーは姿を消してしまった。

「また来るんだ……」

という俺の言葉が、彼女に届いたかどうか。

突然サキュバスに纏わりつかれることになってしまった俺は、今後の不安に目を瞑り、レーニさんを城までおぶっていった。

「あ、そうだ」

念のため、カティアさんに会いに行こう。フェシリーはあんな感じでフレンドリーに接してきたが、仮にも野良の魔族であることには変わりない。あんまり疑うのも悪いとは思うが、念のためレーニさんの身体に呪いなどをかけていないとも限らない。

(俺が魔族だってこと考えたら、本当に失礼な話ではあるんだけど……)

俺では判別できない何かしらの後遺症があっても困る。

モヤモヤした気持ちを抱えながら、俺はカティアさんのもとを訪れていた。

「あらナオーク様、それにレーニ様。どうかされましたか？」

「ええ、ちょっと」

俺はカティアさんに、レーニさんがサキュバスに魅了されたことを、かいつまんで説明した。

「それで、まあ大丈夫だと思うんですが後遺症がないか確認したいなと思いまして」

「そうでしたか。それは大変な目に遭いましたね。わたくしが力になれるのでしたら、いくらでも！」

カティアさんは勢い込んで、眠っているレーニさんの様子を見てくれた。

「うーん、特に問題はなさそうですね。サキュバスの魅了の効果も終わっているようですし、瘴気なんかの気配もまったくありません。サキュバスは、本当にお腹が減っていただけみたいですよ」

「そうですか……。それを聞いて安心しました」

ほっと胸をなで下ろすと同時に、本当にフェリシーは戦争とか関係なく動いていたのだと確信する。

「今は疲れて眠っていますけど、変に体調を崩したりはしないと思います。もし心配なようでしたら、一晩わたくしがレーニさんを見ておきますよ」

「そう……ですね。良ければ、そうして貰えますか？」

レーニさんのことはカティアさんに任せて、俺は自分の部屋へと戻った。

「……ふぅ」

部屋に入って見渡すと、そこがやけに広く感じた。アリーナ様がいないってだけで、自室がこんなに寂しくなるものなのか。

（いつになったら帰ってくるんだろ……。本当に何にも言ってなかったからなぁ……）

「はぁ……」

俺はなんとなく疲労を感じて、大きく息を吐き出した。

※　※　※

「ふぅ、疲れた……」

今日一日は、城に常駐している兵士たちに混じって、この後の戦いに向けて特訓をした。

朝から日が暮れるまで、みっちり身体を動かしたおかげで、へとへとだ。

アリーナ様が修行している時間、何もしていないと意識したら、いても経ってもいられなかった。

少しでも力をつけて、これからの戦いでアリーナ様の足を引っ張らないようにしないと。

ふかふかのベッドに埋もれると、すぐに俺の意識は遠くへと旅立ちそうになる。

(あぁ……気持ちいいなぁ～……)

汗で身体中ベタベタだったが、お風呂に入る元気はもうない。

(まあいいか……明日起きたら入ろう……)

瞼は勝手に落ちていき、身体から力が抜けていく。意識を手放しそうになったそのときだ。

「おーい、ちょっとちょっと～？」

と肩が揺すられた。

「え、あ、アリーナ様？　もう帰ってきたんですか!?」

俺は咄嗟に起き上がり、目の前に座る人影に目の焦点を合わせると、そこには予想外の人物がいた。

「あ……」

そしてその漏らした言葉が、いかに軽率であったことか。

「うふふ……」

にまにまと意地の悪そうな笑顔を浮かべたフェリシーが、俺の目の前にいたのだ。

「愛しのアリーナ様じゃなくてごめんねぇ、ナオークくん」

「えっと、なんでここに？」

「なんでってそんなの決まっているじゃない。お腹が減ったのよ」

眠気で意識を手放した影響か、それともこの小悪魔にアリーナ様という名前を聞かれた焦りからか、頭がまったく回らない。

お腹が空いたからなんていう理由で、エルフの城に忍び込んだというのか。

「うふふ、入るのに苦労したわよ。いろんな場所に結界が張ってあって、それを避けるのにかなり時間が掛かっちゃったわ」

「それで本当に入ってこれちゃうんですから、凄いですよね」

「そうでしょう♥」

フェリシーはずいっと身を乗り出し、ほとんど密着するくらいの距離にまで詰め寄ってきた。

「それに、お城に入るまでも大変だったわ。まさかこんな良い場所にナオークくんが住んでるなんて思わなかったから、沢山変な場所探しちゃった。郊外の森とか、洞窟の中とか」

「俺をなんだと思ってるんですか……」

「え、オークに決まってるでしょ？」

返す言葉もないが、そういうことじゃないことだけは断っておきたかった。

「それじゃあ、さっそくで悪いんだけど、お腹が減ったからお食事にさせてもらってもいいかしら」

「え……？」

理解が追いつくよりも先に、フェリシーは俺の股間へと手を伸ばした。

第十話 サキュバスの手腕

「あら、ちょっと元気がないみたいね」

「ま、まあ……凄く眠かったので」

実際フェリシーが肩を揺すらなければ、眠りに落ちていたのだ。強制的に起こされた状況で、むしろよく受け答えをしているほうだろう。

「あぁ、ごめんごめん。今日一日ずっと動き回ってたんだもんね、そりゃ疲れるわよね」

フェリシーは俺の頭を引き寄せると、おっぱいの谷間へと押しつけた。柔らかな双丘が俺の顔の形にそって変形する。

「私のおっぱい、とっても柔らかいでしょ？　なんなら今すぐ乳首にむしゃぶりついてもいいわよ？」

非常に魅力的な提案だったが、俺は丁寧に断りを入れた。眠気だけに任せて、魅惑の脂肪へただただ顔を埋めていく。

ときおり、大きなおっぱいが重力に逆らい顔にめり込んでくるのは、フェリシーが下からその乳房を押し上げているのだろう。

「ほぉらナオークくん、私のおっぱい枕、気持ちいい？」

ぽよんぽよんとおっぱいは跳ねて、その存在を主張している。気が付けばその感触を楽しむように顔をこすりつけたり、匂いを嗅いだりしてしまっていた。

「うふふ、寂しかったの？　さっきまであんなに寝惚け眼だったのに、私のおっぱいを好きにしていいって分かった途端、目を血走らせちゃって……。もしかして、甘えたいの？」

フェリシーは俺の頭を撫でながらにまにまと笑う。

「いくらでも甘えていいよ。そうだ、おっぱいが好きなら、いいことしてあげる……」

おもむろに服をはだけさせたフェリシーは俺のペニスを取り出すと、くちゅくちゅと口を動かして唾を貯める、たっぷりとペニスに垂れかけた。

常人のものよりも粘度の高いその唾が亀頭に触れた途端、じんじんと熱が発せられる。

「んっ……これで準備よし」

ペニス全体にジェル状の唾が行き渡るころには、俺のペニスもなんだかんだで、準備万端になっていた。

「さぁて、それじゃあいただきまぁ～す」

フェリシーは両手で自分のおっぱいをそれぞれ掴むと、がぱりと広げてからペニスを包み込んだ。

弾力のあるおっぱいが、左右からぎゅうぎゅうと押しつけられて、ペニスが歓喜する。コーティングされた唾液によって、フェリシーのおっぱいが吸いついてくる。それだけじゃなく、柔らかな脂肪が押し潰されることで生まれる適度な肉の厚み……。

「どぉ、サキュバスのおっぱいってすっごく気持ちいいでしょ？　唾液もちょっとした媚薬効果があるから、いつもより気持ちいいんじゃない？」

「は……はい。なんか、妙にペニスが熱くなってすーすーしてます……」

「そうでしょ？　馴染んでくればもっと気持ち良くなるわよぉ」

左右のおっぱいを自由自在に操り、形を変えていく。

まるで空気の入っていないボールのように形が変わるが、それにはぎっちりと中身が詰まっていた。

「ふふふ、よいしょ、よいしょ」

フェリシーはおっぱいを潰すような力を込めて、ペニスをゴシゴシと扱いていく。

「あぁ……おっ……ペニスが潰れるぅ……!!」

「こんなので根を上げてたら、ここから先は耐えられないわよ？」

フェリシーはそう言うと、ぐっと腕に力を入れて、自分のおっぱいが潰れてしまうほど強い力を入れる。頑固な汚れを落とすように左右のおっぱいは交互に上下させて、俺のペニスを喜ばせてくれる。

「ぎゅーってすると、おちんちんがびくびくするのよく分かるわ。でも、まだまだ十分じゃないみたいね……それじゃあ、これならどう？　ちゅっ」

谷間から飛び出した亀頭に舌を這わす。

ザラザラした舌が亀頭を包み込み、ねっとりと動き出した。

「いひい……」

カリ首をなぞるようにして、舌がピンポイントに動いた。

「べちゃ……くちゅれろぉ～」

「はっ……あああっ……」

フェシリーの舌の動きに合わせて、頭がおかしくなるような快感が押し寄せる。これがフェシリーの唾による催淫効果だろうか。ただ舐められているだけなのに、いつでも射精させられてしまいそうなほどに高まっていく。

「そろそろかしらぁ？　おちんちんの先っぽ、ひくひくしてきたわよ？」

「も……もう……無理かも……」

限界まで張り詰めたペニスが、金玉に貯まった精液を吐き出す準備を整えた。

しかし、それを察知したフェリシーが掴んでいたおっぱいを離したので、極上の肉布団に包み込まれていたペニスが開放される。むわりと湯気を立てながらペニスはそそり立ち、その先っぽからはだらしなくカウパーを溢れさせていた。

「だーめ。この間も思ったんだけど、ナオークくんはちょっと我慢が足りないと思うのよねぇ。もっと我慢しないと、濃くて美味しいザーメンにならないのよねぇ」

「はぁっ……そ、んんあああ!!」

人肌で温められていたペニスが急に冷えた空気にさらされて、びくんびくんと跳ねて空打ちを繰り返す。

「あはは♪　すごぉい、こんなに素直な反応するチンコ初めて見たわ♪　それじゃあこれはどう？　ふぅ～」

ペニスにこそばゆい程度の風が送られ、その刺激によってびくびくと細かく数度、痙攣した。

「あはは、面白い♪」

ペニスの反応がそんなに面白かったのか、フェリシーは手を叩きながら喜んだ。

「あれぇ、さっきよりカウパーが出てきてるみたいだけど、焦らされるのが好きなの？　ふぅん、ナオークくんってオークのくせに、女の子に虐められるのが好きなのね。優しいナオークくんっぽくて、私は好きよ」

指先で鈴口をぐりぐりと虐められながら、あえてゆっくりと話をするフェリシーの言葉を聞く。

「あ、そうか。ナオークくんがアナル弱かったのって、そういう理由だったのね。うふふふ、だけど……今は触ってあげないわ。そのほうがナオークくんにとって辛いでしょう？」

「ひっ……ぎぃい!!　ち……ちんちんの入り口グリグリぃ……!!」

驚くことに、フェリシーの指は、第一関節まで尿道に差し込まれていた。

何かを差し込むようにできていない俺の尿道は、限界を超えて広げられ、フェリシーの指がぐにぐにと動かされる。鋭い痛みが走り、背中を仰け反らせた。

「このまま尿道広げていったら、どうなるか分かる？　おしっこ我慢出来なくなって、おむつが手放せなくなるのよ。想像してみて？　おむつを穿いて過ごしている姿。とっても無様じゃない？」

「あぐぅうう!!　いだぁああ!!　尿道ぅう!!　広がってぇ!!　日常生活送れなくなるぅうう!!」

「うふふふふ、だぁいじょうぶよ？　ちゃんと治してあげるから、安心して気持ち良くなりなさい？」

「はあぁ……はあああぁ～……」

じゅぽんっ！　と音を立てながら指が引き抜かれた。排泄にも似た感覚に、思わずため息と喘ぎ声が混じったような声が出てしまった。

「ちゃんと我慢出来た？」

フェシリーはパイズリを再開しながら、そう聞いてきたので俺は何度も頷いた。するとフェリシーは鼻をひくひくと動かして、匂いを嗅ぎだした。

「……うん、確かに美味しそうな匂いになってるわ」

きちんと確認を終えたらしいフェリシーは、改めてペニスに食いつく。

「ちゅぱ……ちゅるっ、じゅぽじゅぷっ、あむっ……れろれろぉ」

「あうっ……うあっ……」

食いついた瞬間から、フェリシーのフェラは激しさを増す。指を引き抜かれてぽっかりと穴が空いたようになっていた尿道の違和感が、快感で上塗りされていく。

「じゅぼぉおおおお!!　ズズズズッ!!」

「ほぉおお……す……吸い取られるぅうう!!」

与えられる快楽に全神経が持っていかれた瞬間、強烈なバキュームが行われた。

「おわおっ……おほおおお!!」

さらに間髪入れず、横からおっぱいの圧力が増す。

「おおおぉ……うぅ……も……、もうぅもうぅううう!!」

ひときわ強くバキュームされ、その吸引に吸い込まれるように精液が飛び出した。

「おぶっ！　んぐぅんぐっぷはっ!!　あはぁ……すごぉい、こんなにいっぱいの精液独り占めに出来るなんてぇ……さいっ……こぅ」

フェリシーはくちゅくちゅと口の中に溜まった精子を、丹念に味わった。

「ふぅ。うーん、ちょっと食べ足りないかな。ナオークくん、まだまだいけるわよね？　今度はこっちを満足させて欲しいわ……」

フェリシーはぐいっと股間を突き出し、愛液で濡れたワレメをくぱぁ――と押し広げた。

第十一話 サキュバスの特性

フェリシーは俺を押し倒すと、馬乗りになった。

「私も何匹かオークを食べたことあるけど、ナオークくんほど大人しいオークは見たことないわ」

「うっ……」

一連の流れがあまりにも手慣れている。きっと、かなりの場数を踏んでいるんだろう。身体に力を入れて脱出を試みるが、全く動くことが出来ない。

「ダメダメ、そんなんじゃ絶対に逃げられないわよ？　おとなしく私の食事に付き合いなさい」

そう言うと、フェリシーは俺のペニスを握って固定する。ぐちょぐちょになっているワレメへ、躊躇なく食い込ませていった。

「んっ……流石にオークの肉棒は大きいわね……」

挿入をよりスムーズに進めるためか、フェリシーはペニスに手を添えた指でクリを弄り、愛液を分泌させていく。

「んっ……ふぅ、よしよし、ちゃんと入ったわね。ふふふ、お腹めいっぱい押し広げられてるわ……。ナオークくんも自分のおちんちんが、私のまんこ押し広げてるの分かるでしょう？」

……確かに分かる。みっちり詰まっていた肉の道を押し広げて　フェリシーのまんこを限界まで広げていた。小さくプチプチと、肉が裂ける音も聞こえている。

「ふっ……うぅん！」

流石に苦しいのか、フェリシーは腰を前後に揺する。膣内を掻き回すようにペニスが擦れ、ヒダヒダがカリ首のひっかかりを何度も弾く。

敏感になっている亀頭が重点的に責められて、俺は歯を食いしばった。

「はぁ……はっ、ふふ、随分気持ちよさそうだけど、大丈夫かしら？」

俺が必死に耐えていることに気が付いているのか、フェリシーは強気に腰を回していく。ぐいんぐいんと力の掛かる部分が変わり、その千変万化の快楽に、腰が勝手に持ち上がる。

「んくぅ……♪　そうそう、ちゃんと女の子を喜ばせられるなんて、偉いじゃない。でも、主導権は渡さないわよ」

「そんな余裕っ……ないですぅう!!」

与えられる快楽が強すぎて、主導権とか考えられる余裕がまったくない。今も腰を突き上げるようにしたのだって、肉体の条件反射だ。

「はぁ……!!　か、勝手に腰がぁ!!」

さすがは性を食事としている種族だけはある。精液を絞り取ろうとするサキュバスのまんこは、男を喜ばせる作りをしていた。

どこの、どんな角度で当たっても亀頭から竿が気持ちいい。まるっきり逃げ場がないこの快楽地獄に、勝手に腰が上下運動を始めてしまう。

「そうなんだ、うふっ、うふふ」

フェリシーは怪しく笑う。その笑い方に、俺は覚えがあった。アリーナ様やエルゼが俺を虐めて楽しんでいるときの笑い方だ。

「ほぉら、こんな感じとかどう？」

「ほぁあ！」

きゅん、きゅんとペニスの先と根元をピンポイントで締めつけてきた。どんな筋肉の動きをさせたらそんなことが出来るのか分からないが、相当な技術だ。

それに加えて、ゆっくりとまんこが動かされる。力の入った場所が巧みに動かされ、どんなにピストンしても気持ちの良い場所を的確に締めつけてくる。

「私のおまんこ、どんな部分でも締めつけられるのよ？　集中的に気持ちいい部分責められて、顔が完全にとろけちゃってるわよ」

「そ、そんなことぉ……」

「あら、強がるわねぇ。流石男の子って感じ。だけど……」

おもむろにフェリシーは手を伸ばし、俺の乳首に優しく触れた。

「んひぃ！」

裏返った声を上げて、頭を反らす。ただでさえ気持ちの良い部分ではあるが、触られただけでこの気持ち良さは、今までにない。

「ま……まひゃか」

「ふふ、そのまさかよナオークくん♪　私の指先が触れた場所は、とぉっても気持ち良くなっちゃうのよ。そこが性感帯なら、もっともっと気持ちよくなっちゃうわよね♥　あはっ、ナオークくんの乳首、ちょっと触っただけでビンビンになっちゃってるわよ」

「はくぅ……」

ぴんぴんと乳首を弾かれては仕方のないことだ。

「可愛い声出しちゃって。そんなに気持ちいいのかなぁ♥　ふふふ、ほら、ほらほら、これはどう？　こんなのは？　ナオークくんは弄りがいがあるわぁ」

「あひっ、あひいいい!!　乳首もぉペニスもぎもぢいいいいい!!」

フェリシーは執拗に俺の乳首を弄りながら、腰をくねらせる。上と下を同時に責められて、自分で自分がどうなっているのか、まるっきり分からなくなってしまう。

「そろそろ、一回目貰っちゃおうかなぁ？」

そう言うと、前後だけだった腰の動きに、上下の動きが加わった。

「お……おおおあっ！」

スパイラル状に動くおまんこが、俺のペニスをキツく絞る。どこまでも貪欲に精液を求めるフェリシーは容赦がない。

「んふふ、良い匂いがしてきたわ。ほら分かる？　質の良いザーメンがどんどん製造されてるの」

フェリシーの言うとおり、俺の睾丸は次々と精子を作っていっている。さっきフェリシーの口をこれでもかと汚したとは思えないほどの量が、だ。

「うふふ、美味しそうな精子が出来上がってきてるわねぇ。うふふ、このザーメンがすべて私のものになるなんて、想像しただけイッちゃいそう……」

指を咥えて恍惚の表情を作るフェリシー。俺はその姿を見る余裕すらない状況だ。

「あふっんっ！　ナオークくんの肉棒、どんどん硬くなってきてるぅ……！　射精するの？　ねえ、

おまんこ責めされて、我慢出来ずに中だしキメちゃうの？」

「あ……あああ……!!　こあっ、フェリシーのおまんこぉ、ぎゅうぎゅうし、してへぇ!!　ダメだ、無理！　こんな気持ちいいの、我慢出来ないぃ！」

ブリュゥ！　という音が聞こえるほど、塊となった精子が尿道から吐き出された。尿道が痛くなるほどの大きな塊が、フェリシーの子宮に叩きつけられた。

「あはっ!!　ビチビチの新鮮ザーメンが子宮に叩きつけられてお腹一杯になるわ！」

フェリシーは子宮に精子を浴びて、さらに貪欲になっていく。ぐちゃぐちゃといやらしい音をわざと立てるように、めちゃくちゃに腰を振り、膣の中で精子と愛液とミックスさせる。塊だった精子が何度も何度も潰されて、細かくなっていき、分解された精子は臼《うす》でひかれた小麦のように結合部分の隙間から流れ出た。

「ふぅ……」

「あっふぁ！」

ぬぽんとまんこから引き抜かれる衝撃で、尿道に残っていた精子がポンプされ、フェリシーのまんこを名残惜しむように飛び出した。

「もう、そんなにがっつかなくても、私は逃げないわ。でもちょっと待ってね♥　美味しい精子は、新鮮なうちに食べないと」

自分のワレメの中に、無造作に指を突っ込んでぐちゅぐちゅと掻き回し、指に特濃の精子を絡ませながら取りだした。

「あ～むっ」

大きな口を開けて、フェリシーはこれ見よがしにくちゅりくちゅりと音を立てて咀嚼した。

「ぐちゅ……くちゅ、くちゅぷはぁ。ほら見て見てナオークくん、貴方が出した特濃ザーメンが、私の愛液と混ざって、美味しいミックスジュース完成しちゃった♪」

フェリシーは横になった俺に見えやすいよう、身を乗り出して口を大きく開けてみせた。

「どう？　すっごく美味しそうでしょ？　ナオークくんも食べたい？　ね、食べたいよね」

フェリシーの口の中は唾液と愛液、それに俺の精子が混じり合い、ホカホカと湯気を立てて俺に向けられた。

「あ……あぁ……あっ」

あまりにもエロいその姿に、俺は魅入られてしまった。

「ほら、あーんってしなさい」

言われるがまま、俺は口を広げて舌を突き出した。

「いい子ねナオークくん」

フェリシーは俺の素直な反応に、嗜虐的な表情を浮かべ、口を塞いだのだった。

第十二話 食事の終わり

「んむっ……くちゅ、んむっあ……れちょぉ。ナオークくん、良い表情ねぇ？」

体液の混合物を送り込まれながらも、俺の興奮度は鰻登りだ。

「あらら、エッチなキスしただけでビクンビクンってオチンチン空撃ちさせてる。そんなにエッチなキス、気持ちいいの？」

「は……んあ！　エッチな臭いしたキス……気持ち良くて……空っぽの射精止まんない……!!」

まるで尻の穴をほじくられて絶頂したときのような、昇り詰めるような感覚が止まらない。無様に腰を痙攣させ、弛緩しきった身体を投げ出しながら俺はその悦楽に身を委ねた。

「ふぅ、流石オークから取れる栄養は違うわね♪　もうお腹いっぱいよ。もうちょっと楽しんでいても良かったんだけど、ナオークくんが枯れちゃうかもしれないから、やめておくわね」

一仕事終えた、と腕で額に浮かんだ汗を拭ったフェリシーに、俺は――。

「ま……待って……お、俺……なんか、お、抑えきれなくて……」

「え？　ちょ、きゃあ！」

何故だか、射精する前よりも硬く、大きく勃起したペニスを携えて、フェリシーを押し倒していた。

馬乗りになられていた先ほどまでとは正反対の構図になっている。

「フー！　フー！　フェリシー……」

どうしたことだろうか、目の前にいるサキュバスを見ているだけで、ペニスが硬くなっていく。これもサキュバスの力だろうか。どんどんエロい気持ちになっていた。

「な……なんか、ムラムラして……ヤバっ」

「あ、あら？　催淫効果が効き過ぎちゃったかしら、ちょっと待っ――」

俺は、重力に負けずに張り詰めたおっぱいを鷲づかみにする。

「あんっ、……うふふ、乱暴なのね。やっぱりオークの本性は隠しきれないのかしら？　んくぅ！　そんなに強く握られたら、はぁ……興奮しちゃうじゃない」

フェリシーの言葉はどこか遠くから聞こえるようで上手く聴き取れなかったが、俺は関係なく、その弾力あるおっぱいを何度も揉んで堪能する。すると、フェリシーは肩で息をするほど取り乱したが、それでも挑発的な表情で俺を睨みつけていた。

「ウゥウ……‼」

俺は声を上げながら勃起する乳首を爪で引っ掻くように弾くと、つつつ～っとそのまま丸い乳房に爪を這わせ、身体のラインをなぞった。

「はぁッンッ！　ハッ……あ、そんな焦らさないで、早くおまんこしてよぉ……」

フェリシーは片足を上げげて、自分のワレメを指で押し広げ、ペニスをねだる。

「ふーっ！　フーッ‼」

俺は誘われるがままフェリシーのまんこへとペニスを突き入れ、乱暴に腰をピストンする。

「あくぅ‼　そ、そんなに乱暴にしちゃ、アンッ……ダメじゃない……クッゥ！」

フェリシーの言葉を無視して、俺は隆起したペニスを使って一心不乱にピストンをし続ける。やられたらやり返す精神ではないが、強くなりすぎた性欲を晴らすにはこれしか方法が思い付かない。

上げていた足を下から支えるように掴みながら、腰に手を当ててバランスを取り、これでもかというスピードで腰を振り続けた。

「アッ！　あフゥ……!!　フッ、なかなか激しいわね……で、でも……これくらいじゃッ、あひぃ！　私、はわふぅ!!　あっ、あああっ、あああ!!　おまっ、おまんこ激しくて……ふぅう!!」

直前に性欲をお腹がいっぱいになるまで摂取していたせいか、少し乱暴にペニスを動かしただけで、フェリシーは白目を剥きそうになるほど感じている。

必死になって俺のペニスを受け止めていたが、止めないのは、サキュバスとしての意地だろうか。

「アンッ！　ンンン、アァ!!　フゥウ、ナオークくんので私のおまんこゴリゴリされてるぅ!!」

「はぁ……はっ、ダメだ、こんなんじゃ全然……どんどん下半身が切なくなってきて、いつまでも腰が振ってられる!!　サキュバスのプロまんこで、無限回ピストン出来る!!」

「アゥウ……アッ、アッアッアッ！　アアア、ああ、アああ!!」

ふっ、とフェリシーの身体から力が抜けていく。緊張して張り詰めていた膣壁が柔らかく変化して、ペニスをグニグニと包み込む。そのまんこの責めに、満足するどころかさらに興奮が増して貪欲に肉を堪能した。

フェリシーも俺のピストンに腰が砕け、ただただ身体を震わせることしか出来ていない。

少しフェイントを掛けて、子宮を叩く直前にピストンを止めてみると、フェリシーは過呼吸をおこしたみたいに口をパクパクさせた。普段ならこれほど乱れることのない、性行為に慣れたサキュバスをよがらせたという事実が自信となって俺の胸に満ちていく。

「はぁはぁ……な、ナオークくんのペニス、どんどん熱くなってるぅ……こんな、逞しいチンポ知らないからぁ……負けちゃう、オークのゴツゴツした発情チンポにイかされるぅう!!」

フェリシーの子宮は俺の激しい突き上げに、ヒクヒクと喜びで打ち震えている。俺は自分の性欲を処理するためだけにフェリシーのまんこを使ったのに、フェリシーは俺のペニスに喜んでくれているようだ。なら、もっと彼女を喜ばせなければいけないだろう。

「フェリシーのまんこ、俺のペニスで痙攣してる! 分かる! ペニスに微妙な痙攣伝わってきてる! この痙攣気持ちいい!! もっと……もっとおまんこしたい! まだ足りない、もっと気持ち良くなりたい!!」

「ま……待って! イッてる最中なのにそんなに激しくされたら、止まらないっ……からぁ! あああああ! あんんいいいいいい!!」

フェリシーの絶頂は止まらない。

「あひっ! あひっ……いいい!」

――プシャアアアア! と、快楽が限界を超えて押し寄せた結果、フェシリーはついに潮を吹く。

さしものサキュバスであっても、何度も絶頂を繰り返したことで、快楽の許容範囲を超えたようだ。

ペニスを最奥に突き込むたびに、透明な体液をブシュブシュと勢いよく飛び立たせている。

「な、ナオークくんぅ! もう、止め、おまんこいっぱいだから! これ以上はもう! 私でも馬鹿になっちゃうからぁ!」

フェリシーの懇願が耳に入っていながら、俺はそれを無視してサキュバスのまんこを楽しんだ。

いつまでも味わっていられる。気持ちいいのに、ペニスがバキバキに膨張しているのに、フィニッシュにはまだ足りない。

「落とす……フェリシーのまんこ、俺のチンコで落としてやる……」

思わず呟いた言葉に、はっとした。完全にフェリシーのまんこを陥落させないと気が済まないようだ。その考えに、まだ冷静な部分の俺の血の気が引くが、性欲に溺れた今、止めることが出来ない。

「あぁアアあぁあ、あアあああ!! ンアアアア!! ま……またイク! おまんこ破裂するぅう!!」

止まらないピストンの連続に、お漏らしのように潮をまき散らしながら、フェリシーのまんこはまた絶頂をむかえた。そして、その絶頂によって、フェリシーのまんこは完全に俺のペニスの味を覚えたようだった。

「ようやく……あああ、あああああ!」

彼女を陥落させたことを悟ったペニスは、最後にマーキングするために一番濃いのを射精した。

「はぁ……はぁ……はぁ……」

それでようやく、俺の性欲は静まりを見せ始めた。

「あへ……えへへ……やっぱりナオークくん……当たりだったみたぃ……」

危ない感じに痙攣し続けるフェリシーの身体からペニスを引き抜くと、俺はベッドに倒れ込んだ。

肩で息をする以外は、もう指先すら動かすことが出来ない。

「はへぇ……これからも美味しいご飯んぅ……よろしくねぇ……ナオークくん……。えへ、えへへへへぇ……あはは っ」

壊れたように笑い続けるフェリシーの声を子守歌代わりにしながら、俺は猛烈な眠気に襲われて、意識を落としていった。

第八章　決戦

第一話
消耗した知将

「あのさぁフェリシー、こう毎日毎日付きまとわれると迷惑っていうか……」

「なによ、ツレないわねナオークくん」

フェリシーと出会ってから数日、俺はこのサキュバスにほとんど取り付かれるような生活を送っていた。

「どうせ何もすることなくて暇なんでしょ？　だったら別にいいじゃない。それに、付きまとっているって言っても、お腹が減ったときだけでしょう？　少しくらい付きまとったってバチは当たらないでしょう？」

「そうは言っても……」

毎朝毎晩のようにお腹減ったお腹減ったと来られては、俺の精神が休まる隙間がない。

「なによノリが悪いわね……そんなんじゃ堅物の女王様みたいになっちゃうわよ……もう、分かったわ。しばらくどこかに言っていれば良いんでしょ、ふーんっ！」

ぐちぐちと文句を言いながら、フェリシーは姿をくらましてしまった。

「はぁ……」

ああ見えてなかなか気むずかしいフェリシーとのやりとりを終えて、どっと疲れが押し寄せてきた。

(これで夜まではひとりでフェリシーに構われないですみそうかな)

こんなやりとりをフェリシーとするのも、数度目だった。普通ならもう少し分かってくれそうなものだけど、フェリシーはめげることなくやってくるのだから恐ろしい。

「とはいえ……」

これでしばらくは自由時間だ。何かをする予定というのも特にないが、肩の荷が降りたのは大変喜ばしい。

（……そういえばエルゼは大丈夫かな）

最後に会ったのは、アリーナ様がいなくなる直前だ。そこから少しも外に出ていないとすれば、相当な根の詰め方をしているに違いない。元々、やると決めたら最後までやりきるタイプのエルゼのことだ。きっと机に向かって頭を悩ませているんだろう。

そう考えると、いくら強靭な肉体と精神を持っているエルゼにしても、心配になってくる。

「ちょっと、顔を覗かせてみようかな」

アリーナ様のようにどこか分からない場所へ消えてしまった訳でもなし、ちょっと様子を見に行くことにした。

そして、エルゼの部屋へと繋がる大きな扉の前へとやってきた。

「エルゼー？」

集中しているエルゼにも聞こえるように、比較的大きな音が出るように扉を叩く。

一秒、二秒……その場で立ち尽くすが、何秒経っても反応がない。

もう一度、今度はもう少し大きな音を出してみるが、これにもやっぱり返事がなかった。

俺は、嫌な予感を覚えながらドアノブに手を掛けてみると、すんなりと扉が開いてしまった。恐る恐る中をのぞき見ると……そこには鬼気迫る様子で机に向かうエルゼがいた。

その姿は、エルフとしてはあまりにも薄汚いものだった。呪詛でも呟いているようなか細い声が、少し距離のあるここまで聞こえてくる。頭の部分にはなにやら魔法のリングが浮かんでいる。この姿を俺やアリーナ様以外が見ていたら幻滅していることだろう。

しばらくそんなエルゼを隅のほうで見守っていたが、いつまで経っても顔を上げる様子がない。いくら集中しているからといって、ここまでやって飲み物一つ飲まないなんて、どうかしてるとしか思えない。

「ちょっと、大丈夫ですか？　……えっ」

近付いて肩を揺すってみると、エルゼはぐらりとバランスを崩して横へと倒れ込んだのだ。

「おわわわわ！」

慌てて身体を支えると、その衝撃でエルゼはハッと身体をびくつかせながら意識を取り戻した。

「あ……なんだ？　ナオーク？　どうしてここに……つぅ……」

話している途中に、エルゼは頭を押さえて苦しげな表情をする。

「大丈夫ですか？　ほら、掴まってください」

「ウッ……すまん。どうしても良い策が思い浮かばなくてな……寝ずにずっとどうするか悩んでいたんだが……」

「ずっとって……どれくらい休まずいたんですか？」

「……どれくらいだったか。あぁそうだ、お前と話をしてからずっとだな」

「それって……」

もう一週間近く寝ていないことになるんじゃ……。そうか、あの頭の上に浮かんでいた魔法のリングは、疲労や眠気を取るものか、と合点がいった。

だとしても、そんな無茶をするなんて……。

「なんて無茶してるんですか……」

「考えがまとまらなかったのだから仕方ないだろう」

「それでもすこしくらい息抜きしたりとかあるでしょうに……。ちょっと待っててください、今お水持ってくるんで。いいですか？　手を放しますからね？」

エルゼから手を放した俺は、すぐにコップに水を汲んで戻ってきた。憔悴しきったエルゼに一口飲ませてやる。

「……ふぅ、こんなに美味しい水は初めて飲んだかもしれないな。……さて」

と、エルゼは当たり前のように机に向かおうとする。

「ちょっと何してるんですか!?」

「ん？　何って決まってるだろう。これからアモナをどうやって倒すのか、改めて考えるんだ」

「やっぱり……。あのですね、そうやって根を詰めすぎるとかえって良い考えが浮かばなくなりますから、一度休んでください。気分転換は必要ですよ？」

「いや、しかしだな……」

「しかしもなにもありません」

そうやって渋るのは分かりきっていたので、俺はきっぱりと断言した。

「一週間近くも考えて何も出ないんですから、今からちょっと考えたって何も出てこないですって」

「む……うむ……確かにそうかもしれんな……」

疲れもあったのだろう、エルゼは俺の説得に渋々頷くと、椅子に深々と背中を預けた。ひとまずエルゼの暴挙を止めることが出来て、安堵する。

「ふぅ……、しかし緊張が解けたら腹が減ったな……」

「メイドさんに何か持ってきてもらいますか？」

「そうだな」

エルゼは無造作に指を鳴らして、近くに控えていたメイドに指示を出した。これでしばらくすれば何か食べ物が運ばれてくるだろう。

「食事が終わったら、眠ったほうがいいですよ」

「そうしたいがな。まだ魔法が効いているから、あまり眠くないんだ」

頭の上にはもうリングはなくなっていたが、持続性のある魔法のようで効果が切れるまでにはまだまだ時間が掛かりそうだった。

すぐに運ばれてきた食事をぺろりと平らげると、エルゼは大きく息をつく。

「……そういえばナオーク。お前さっき気分転換でもしろと言ったよな」

「え？　ええ言いましたけど」

それがどうかしたのかと首を傾げながらエルゼを見る。わりと真剣な表情をしたエルゼからは、何を考えているのかいまいち読み取れない。

「いやなに、確かにそのとおりだと思ってな」

いつになく歯切れが悪い。というか、あやふやな返答をするエルゼ。

「大丈夫ですか？　疲れすぎて頭がショートしちゃいました？」

よっぽど疲れているようだ。目だけでも閉じればいいのに、エルゼは腕を組みながら俺を直視している。

「まさかお前からそこまで直接的に馬鹿にされるとは思わなかった……。が、今はそんなことどうでもいい」

俺の嫌味にすぐ気が付いてくれたエルゼは、それでも表情を崩さなかった。

「……ナオーク、ちょっと来い」

指先をくいくいと折り曲げて俺を呼ぶエルゼ。俺は当たり前のようにエルゼの近くへと寄っていく。

「今気が付いたんだが、私は一週間弱ずっと飲まず食わずで頭をフル回転させてきたわけだ」

「はあ、そうですね」

いきなり何を言い出すのかと、俺は首を傾げた。だが、その疑問も次のエルゼの言葉で、一気に解決することになる。

「……でだ、鈍感なナオークにも分かりやすく説明すると、私は今ものすごくムラムラしている。これで私の言いたいことは伝わったか？」

得意気に大きく、わざとらしく広げて足を組み直したエルゼ。その股間部分を隠す布が見えない。ふと下を見ると、いつの間に脱いだのか、くしゃくしゃに丸まったショーツが床に転がっていた。

「ごくり……」

俺は生唾を飲み込んで、改めてエルゼの顔をうかがった。

エルゼは得意気な表情をして、大きく頷いた。

第二話
息抜き

「えっと、あの、本当にそんなことしてる状況でしょうか……」

「息抜きをしろといったのはナオークだろ。だったら、少しくらい息抜きの手伝いをしてくれてもいいだろう？」

「うっ……」

とんだところで墓穴を掘ってしまっていたようだ。

「そうですね……」

俺はひざまずくようにしてエルゼの股間に顔をうずめた。目の前に迫ったワレメはぴったりと閉じている。俺はそこへ舌を伸ばした。

「ぺちゃ……」

「ん……」

スジを舌から上へ舐め上げ、ワレメの頂点に存在するクリを丹念に責める。すると、エルゼは、溜まっていたのもあるだろうけど、すぐに声を上げて感じ始めた。

「ふっ……うんっ……はぁ。どうした、そんな程度か？　しばらく相手してやれなかったが、その間に鈍ったんじゃないだろうな？」

「むっ……そんなこと言って、やせ我慢してるんじゃないですか？」

「そ、そんなことあるはずないだろう。なんなら、試してみるか？　まあ、どうせ無理だろうがな」

声を漏らしているエルゼに挑発されて、俺は珍しく強気にいくことにした。

「そんなに言うなら、覚悟してくださいよ？」

俺は目一杯舌を突きだして、膣内を掻き回すように高速で動かした。ただめちゃくちゃに動かしているわけではなく、エルゼの反応を見て、特に感度の良さそうな場所を特定する。

「んっ……んんっ……ふっ……くぅ！」

どうやらエルゼは入り口付近にある、盛り上がった肉が気持ちいいらしい。それが分かると、俺は重点的にその弱点を責め続けた。

「んくっ……ふっ、くっふぅ……な、ナオークお前、そこっわざと……んくぅ!!」

俺の舌責めに、エルゼは軽く気をやったようだ。膣肉がきゅうきゅうと舌を締めつけてきて、エルゼが気持ち良くなっていることを俺に伝えた。

「鈍ってないって、分かってくれました？」

口元が愛液でドロドロになっているのも気にせず、顔を上げた。

「うっ……あ、ん……ああ、分かった……悪かった。ふぅ、ふぅ……」

息を荒げたエルゼは、肩で息をしている。どうやら俺の舌技が効いているのだろう。

「上手くほぐされてしまったな……ナオークお前も準備できているだろう？」

「は、はい」

エルゼのまんこを舌で掻き回した影響で、俺のペニスは興奮で今にもはち切れそうなほど膨張していた。

「ナオーク、そこに座れ。私が上になる」

エルゼの指示に従って、俺は椅子へと座った。そうすると自然と足は開かれて、いきり立ったペニスがエルゼの眼前に晒される。

「いつ見てもお前のチンポは自己主張が激しいな。ふふ、それが良いんだがな……」

エルゼは俺に背中を向けて、尻を突き出しながら腰を下ろしてきた。

よほど興奮しているのか、迫ってくる尻肉の中心に見える尻穴がひくひくしている。

「ふっ……うんぁ……！　入って……きたぁ……」

尻穴のエロさに見とれている間に、エルゼは下の口で俺のペニスをちゃっかりと咥え込んでいた。

全身を震わせながら腰を落とすエルゼの後ろ姿は、見ているだけでも満足出来そうなほど美しい。

俺は思わずエルゼの背中に舌を這わせた。

「うひゃあ！　ちょ、な、なにをしてる！　い、いい、いきなり背中を舐める奴があるか！」

「凄く綺麗で。どうしても止められなくて……」

「ふん……お世辞を言ったって……んっ……お前を甘やかさないからな。ふうぅ……はぁああ……」

奥までペニスを刺すと、エルゼはふるふると身体を震わせる。ペニスの形をじっくりと膣肉に覚えさせるためか、それとも足に力が入らなくなったのか、ペニスを奥まで差し込んでから動かない。

「ひ、久々だと、お前のチンポは凶悪だな……。入れただけでパンパンになって、動けそうにない……。少しでも足に力をいれると、気持ちいい場所が全部擦れて、爆発してしまいそうだ……」

動こうと努力はしているが、迂闊に動くことが出来ないらしい。

「俺が動きますか？」

「い……いや、大丈夫だ。もう少し待てば……ふぅああんっ……動けるようになるっ、うぅほん……!!」

そうは思えないほど、震えた声を出す。強がりだということがすぐに分かったが、俺はあえてエルゼに任せることにした。

エルゼは快楽に震える足になんとか力を込めて踏ん張っている。しかし、よほど敏感になっているのか、少し腰が持ち上がっては力が抜ける繰り返しだ。そのたびに、エルゼの性器から滲む愛液が、肉と肉がぶつかった衝撃で跳ねる。

「はぁ、はんぅ……ふぅ……ふん！」

それでも諦めず、エルゼは顔を真っ赤にしながら腰を上げようと躍起になっている。その気合いが功を奏したのか、それとも感覚が麻痺してきただけなのか、挿入から数分。ようやく本格的なピストンが始まった。

「うっ……！　エルゼの膣内、いつもより締めつけが、強い……」

その締めつけによって、余裕ぶっていた俺の態度が崩れ始める。ただでさえ締まりのあるエルゼの膣に、さらなる圧が加わった影響で予想以上に射精を促されたのだ。

俺も、ただ絞り取られないよう、力んでペニスに力を入れる。

「うっ、か、硬く。ナオーク……良い度胸しているな……ふ、ふふ、ふふふふ……。いいだろう、お前がその気なら、私も少し気合いを入れなければな……」

エルゼは俺がペニスに力を入れたことを、何故か挑発と取ったようだった。太股に手を置き、腰を落としてお尻を突き出した。

「忘れているかもしれないが、私はお前のご主人様だぞ？」

その声には、明らかな憤りが滲んでいた。

「それはもちろん分かってますよ!?　あ、あのちょっと誤解しちゃってるかもしれませんが、俺はそんなつもりで言ったんじゃ――」

「問答無用だ」

エルゼはそう言うと、腰を激しく上下させ始めた。

「あぐぅ……!?　あっ……ちょ、ま……おぅぐ……!!」

自分もキツいだろうに、それをまったく感じさせない大胆な腰使いで俺を責めたてる。ペニスをギチギチに締めつけるエルゼの膣と、容赦のないその動きの相性が凶悪なまでにマッチしている。

完全に調子を握られた俺は、エルゼの腰振りに翻弄される。

こうなってしまってはもうどうすることも出来ない。主導権は完全にエルゼへと渡り、取り返すことが出来ない。

言葉に出来ないような切なさがペニス全体に襲いかかり、精液を絞り取られる瞬間を待つことしか出来なくなる。

「ふんっ……ふっ、ふんんっ！　ふあ……。どうしたナオーク？　まともに話せなくなったか？それほど私のまんこが気持ちいいか？　ふふ、はははは、まったく最初からそういう態度でいれば……あぅ!?」

途端、エルゼの様子が豹変した。直前まで余裕に構えていた表情が険しくなる。

「あうっ……ああ、あああぅ！　久々のセックスッ……き、キクゥ……もう、もぉ……我慢出来な……ひぃ……!!」

久々のセックスに、エルゼのまんこは限界に達しているようだ。結合部分からは白濁した、本気汁を溢れさせている。

それでも、力の入った高速ピストンは一切止まらない。

「あひっ……！　あこ、この動きぃ……!!　ペニスウォッシュうう!!　ああ!!　だ、で、射精る！

おまんこの圧迫ピストンでザーメン搾取されるゥ!!」

絶頂を我慢出来ないエルゼと同様に、俺も湧き上がる射精欲を押さえることが出来なかった。

「イ……イク……!!　まんこ……震えるのが止まらないぃ!!」

「俺も射精します！　エルゼの激しいまんこに絞り取られッ……るぅうう!!」

そうしてエルゼと俺は、同時に絶頂をむかえた。

第三話
策士の休日

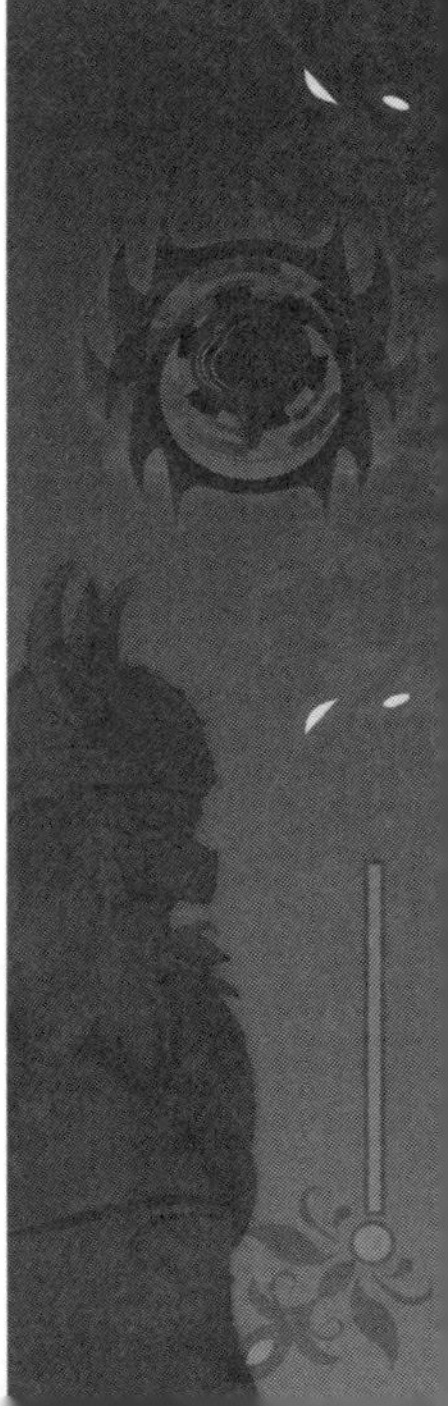

ふたりの荒い息づかいが部屋に響く。

「はぁ、はぁ……。ナオークの熱いのが……膣内に、溜まってる、んっぁ……」

エルゼはしっかりと子宮をペニスに押しつけて、悦楽を感じている。

俺はエルゼの脇に手を差し込み、身体を持ち上げることでペニスを引き抜こうとした。

「待て、こ、このまま……もう一度……、頼む……はぁ、ん……」

「え、でも……大丈夫なんですか……？　その、結構、派手に乱れてましたけど……」

という俺の気遣いにも、

「まだ……もう少しだけ……」

と、エルゼとは思えないほどか細い声で答える。

「頼む、まだ子宮が疼いて……んっぁ……、ダメだ……な、ナオーク……う、動いてくれ……」

エルゼにここまで頼まれて、断る訳にもいかない。俺は無理な体勢だと分かりながらも一生懸命腰を揺すった。

「ぐっ……!?」

瞬間、筋肉が攣《つ》るような、鈍く強烈な痛みがペニスを襲った。突き出そうとしていた腰が止まる。

（何が……？）

と頭に疑問符が湧くが、すぐに思い当たる節があった。連日フェリシーに絞られ続けたペニス。それが限界を迎えようとしているのだ。

「うぐっ……うぅ!!」

痛みに萎えかけたペニスに力を込めて、硬さを取り戻す。

「あぁ……そうだ……ふっ……んん！　あぁ！　くぁっ、なんだか焦らされてるみたいで、余計にぃ……!!　ナオーク頼む、もっと、何か……刺激を……おぉっ」

萎えたことは気が付かれていないようだ。だけど――。

「えぇ!?　急にそんなこと言われても……」

いきなりつけられた注文で、ペニスの痛みに考えがいっていた俺は焦りに焦る。

「おま、お前の腕はあふんっ!!　なんんおおおためについてるんらぁああ……!!」

まともに呼吸が出来ないのか声がガタガタに震えている。しかし、その指摘は的確だった。

俺はすぐに手を回してエルゼのおっぱいに手を添えた。手の平を乳首に当て、ゆっくりと円を描くように愛撫する。ビンビンに勃起した乳頭が手の平の動きに合わせて右に左に倒れていく。

「ほぉお……そ、それぇ……気持ちいいのが……溢れ出してくるぅうう……」

エルゼは表情をとろけさせながら、気持ち良さそうな声を漏らした。俺は続けてエルゼの乳首を手の平でこねくり回す。

「あれ、なんだか手の平に当たる乳首がどんどん固くなってますよ？」

「ふぅっ……アァ……頭空っぽになってく……ナオークの手とチンポで何も考えられなくなる……ぅうう!!」

俺はその様子を見て、多少安堵した。セックスという行為であってもエルゼが戦争のことを忘れられているんだから。

「こんなのはどうですか？」

手の平を離して人差し指でツンと尖った乳首を弄った。マンネリ化しないように、たまに乳輪のフチをなぞる。

「ふあああぁぁぁあ……」

「こんなエッチなエルゼの声、初めて聴いた……」

その声を聴いて、なんだか俺も気持ちが昂ぶってきた。

「ふっ……ナオークのチンポ、どんどん硬くなって、ぇ……私のまんこ削ってくる!!　あっ、もっと……もっと気持ち良くしてくれ……チンポも使って、……くれぇ……!」

「ま……そんな急に激しくされたら!!」

エルゼは湧き上がる性欲にもどかしさを感じたのか、ついに自分から腰を振り始めた。

さっきの高速ピストンとは違う、まったりとしたからみつくような腰遣い。激しさはないが、エルゼ自身、気持ち良くなる場所を丹念に味わっている。腰が引けそうになるが、座っている関係上そうもいかず、俺はエルゼのマン肉から伝わる快楽を受け取り続けるしかない。

幸い、さっきの射精で少し落ち着いていた。そうでなければ、一瞬で射精してしまっていただろう。その点エルゼはますます感じやすくなり、より絶頂しやすくなっているはずだ。亀頭の感度が上がっているとはいえ、俺もなんとかエルゼの責めに耐えることができるだろう。この状況なら、エルゼが満足するまでやるだけだ。

「あんっんんっ……！　ナオークのチンポが、動かすたびにびくびく跳ねて……わ、私のまんこが、どんどんとろけて……目の前が真っ白になる……ぅあっ」

ときおり振り返り、俺の様子をうかがおうとしているエルゼの目は、どこか遠くを見つめるものになっている。

あまりの気持ちよさに、視界が狭まっていっているようだ。それでも構わず腰を振ってくるあたり、さすがはエルゼだと感心する。俺はそんなエルゼの責めに負けないよう、ただただ踏ん張った。

力を込めたことで硬くなったペニスが、子宮に叩きつけられるたび、俺も我知れず喉の奥から声が押し出されてくる。強引な責めに耐えきれなくなってきているようだ。

(予想以上に気持ちいい……。エルゼがイクまで持ってくれればいいんだけど……)

今まで数回連続での行為も余裕で耐えてきた俺の性欲だったが、連日サキュバスに絞り取られた影響か、痛いほど膨張したペニスと過労の睾丸が、これ以上は持たないと訴えかけてくる。

「あああぁ〜……ふぅううう……ああああぁ……!!　ふんんああ!!　あんんっ!!」

エルゼは自分が行う妖艶な腰の動きに、大きく喘ぎ声をあげた。

「ナ、オーク……動きが、あぁ……ん！　鈍ってるぅ……ぞ、おぉほっほぉおお!!」

まるでフラフープをしているんじゃないかと思うほど腰を振られ、動け動けと催促される。

エルゼの腰の動きに合わせて、俺も出来る範囲で腰を上下させる。少しでも多くエルゼに気持ち良くなってもらうために、動かせる筋肉をフル稼働させて膣を抉ってやった。

そうしてペニスの限界を無視して何度も突き上げるうちに、ふっとエルゼの身体から力が抜けた。

肩のこわばりがなくなり、だらんと下げられた腕は、俺の腰の上下運動に合わせて揺れている。

俺は思わずピストンを止めた。いつもは張りのあるエルゼの膣肉が、じゅくじゅくに柔らかくなっていた。それにも関わらず締めつけのキツさは変わらない。膣の中に入れているだけでも、気を抜けばすぐに射精してしまう気持ちよさだ。

「ああ……あああ……ああっ」

頭の後ろしか見えないこの状況では、エルゼがどんな表情で、どこを見つめているのか詳しく分からない。

力なく漏れる声から判断すると、ちゃんと気持ち良くなってくれているのは確かなようだが……。

「おふぅ……！　ああっ、あっあっ！　な、ナオーク……頼む、私をおおお……強く、抱いてくれぇ……っへぇあ……クル……凄いのが……あああ！　あああああ!!　頭がスーッとして、真っ白になっていく……!!」

ペニスの強烈な痛みに、気が遠くなりそうになりながら、俺も最後の一滴を絞り尽くした。

そのすべてを子宮で受け止めたエルゼはビクビクッ！　と身体を痙攣させて絶頂した。

「おあ……はっ……ああ……目の前ぇ、チカチカしてぇ……スッキリしてるぅ……こんなの……初めてだ……。それに……全身が敏感になって……触られてる場所が、まんこみたいになってる……」

その言葉を聞いて、俺は少しだけ意地悪をしてみたくなった。

「気持ち良かったですか？」

労うように俺はエルゼの頭を撫でた。すると——。

「おひぃあっ⁉」

ひときわ大きく全身を痙攣させ、奇妙な声を出して、エルゼはがくりと頭を垂らした。

「え⁉　エルゼ⁉　ちょっと、大丈夫ですか⁉　おーい！」

まさかそんなことになるとは思っていなかったので、慌ててエルゼの身体を揺する。

「えふっ……えふぁ……」

喘ぎ声を上げてはいるが、意識がまったくない様子だ。

それでもとことんストレスを発散できたようだ。

エルゼの幸せそうなイキ顔が、それを物語っていた。

第四話
意外な解決策

「しばらくは起きないかな」

気持ちよさそうに瞼を閉じるエルゼを眺めながら、俺はふうとため息をついた。まったく、生真面目さの悪いところが出ていて心配だったけど、これで起きたらいつもの調子を戻してくれるだろう。

（まあ……エロいことに関してはいつも以上だったみたいだけど……ん？）

突然、フェリシーの怒り顔が頭の中に明滅するように思い浮かんだ。なんでこのタイミングでフェリシーが？　アイツが実はアモナを倒すための何かを持っている、とか？

（いやいや……）

仮にそれをフェリシーが知っていたところで、俺が今急に思い当たるには無理がある。超能力でも持っていなければ、そんなこと出来る理由がない。もちろん俺にそんな才能がないのは、俺が一番わかっていることだ。

じゃあ、なんで……。

考えて考えて考えつくしていると……。

「あ……？」

フェリシーが捨て台詞としておいていった言葉が頭に浮かんできた。

「ああ!?」

そして俺は気が付いた。まさか、とは思う。だけど、これにはさすがに確証が欲しい。すぐに……じゃなくても構わない。なによりも、それが本当であるかが肝心だ。

もし俺の思っているとおりなら……。

（勝機があるかも……）

俺は急いでエルゼをベッドへと寝かせると、フェリシーを探すために部屋から飛び出した。

「もー、ナオークくんたら、私にあれだけ文句言ってたくせに、別れたとたんに盛り出すなんてひどいんじゃないかしら？」

「おわあああ!?」

勢いよく部屋を出ると、すぐの場所にフェリシーが膝を抱え、耳を澄ますポーズで座っていた。

あまりにも意外、かつ近くにいたせいで、俺は勢い余ってずっこける。

「あら、大丈夫？　何もない場所で転ぶなんて、ナオークくんって意外にドジなのね」

差し出された手をありがたく取って、よろよろと立ち上がる。

「あ、あのさフェリシー、ちょっと聞きたいんだけど――」

※　※　※

「それで？　話とはなんだナオーク」

あれから二日後。

エルゼが目を覚ましたと聞いて、俺はすぐに彼女のもとを訪れていた。

ゆったりとした部屋着を着たエルゼの顔色は、ゆっくり眠ったおかげだろう、この間よりも断然良い。

「実は……もしかしたらアモナを倒せるかもしれない方法を思いつきました」

俺の言葉を聞いて、エルゼはピクリと眉を動かした。俺としてはもっと大きく驚くかと思っていたので、その程度の反応しかもらえないのかと、がっかりさえしてしまった。

「ほう……そこの見かけない淫魔と関係している案……か？」

エルゼは、俺の脇に立つフェリシーを睨みつける。いきなり現れた素性のしれない淫魔のフェリシーに、エルゼは多少の警戒心を持っているようだ。だが、問答無用で成敗しようとは流石に思っていないらしい。腕を組んだ態勢を崩さないのが、その証拠だ。

「とりあえず、話を聞こうか」

「はい。信じられないかもしれませんけど……あの魔族の女王、処女です」

「……」

俺の言葉を聞いたエルゼは、途端に目を細め、こいつはいきなり何を言い出しているんだ、といった表情を作った。さもありなん……エルゼと逆の立場なら、俺もそんな感じの反応をしていたはずだ。

頭を抱えてうなりだしたエルゼに構わず、俺は話を続ける。

「実はこのサキュバス、あ、フェリシーっていうんですけど、実はこいつが以前、女王アモナに色仕掛けしたことがあるらしいんですよ、な？」

俺はこの話の肝を握るフェリシーに、話を振る。

「え？」

しかし、マイペースなこのサキュバスは俺の視線を受けてもきょとんとするだけだ。こいつは今話していた会話の内容すら頭に入っていないのか！

「この間、話してたアモナのこと！　エルゼに話してくださいよ！　お願いしたじゃないですか！」

小声で急かすように言うと、ああ～と手を打って、自分の役割を思い出したようだ。本当にフェリシーの頭の中にはエロいことしか詰まっていないらしい。今度、まともに会話出来るくらいには常識を叩き込んだほうがいいかもしれない……。

そんな決意を抱くうちに、フェリシーは話し出す。

「ええ。何年前か忘れちゃったけど、暇つぶしにエッチなことしましょうよって誘ったの。そしたら、すごい狼狽えながら、そんなみだらなことはできぬ、はしたない！　って言って、すげなく断られちゃったのよ。それで私、あっ、この子処女なんだな～って直感したの」

「……ほう？　つまり、アモナは快楽に弱い……かもしれないと？」

そこまで話を聞いて、エルゼはこの話の趣旨を理解したらしい。さっきまで胡散臭そうに俺を見ていた視線が一転、興味深そうな視線をフェリシーに向けていた。

「はい。そうじゃなくても、きっと性的なものに耐性はないはずです」

「なるほどな……。処女だなんだと言い出したときは、いきなり阿呆なことを言い出すから頭を抱えたが……面白いところに目をつけたな」

「それほどでも。俺よりフェリシーのほうがよっぽど役に立ってますから、お礼を言うならそっちにお願いします」

「ふん、いったいどこで淫魔と仲良くなったのやら……。私が引きこもってる間に遊び惚けていたのではないだろうな？」

「あ、あははは……」

あからさまにごまかし笑いになってしまったが、エルゼは肩をすくめるだけでそれ以上追及してくることはなかった。

「うふふ、ナオークくんなら、いつでも私と遊んでもいいからね♥」

フェリシーは、まったく空気を読まないし。

「……よしっ！　ふふふ、しかしここから忙しくなるぞ……。ナオーク、アリーナにはこのことは言ってあるか？　明日か明後日……下手をすれば今日中に作戦を詰めるつもりだからな、アリーナには準備しておいてもらわなければならんからな」

「あの……それなんですが……」

調子が出てきたのか、声が弾んでいるエルゼには申し訳ないが……俺はまだアリーナ様が帰ってきていないことを告げる。

「なんだと!?　まったく、何も分からないのか？」

「いなくなってからまったく連絡がないですから……」

本当に心配で……と言いかけたところで、俺の言葉は遮られた。

「ふふん！　お待ちかねのようね！」

大きな音を立てながら、扉が開かれる。俺、エルゼ、フェリシーは身体をこわばらせながら驚き、音と声のする方向へと振り向くと……そこには、どこで何をしてきたのか、全身にかすり傷を作ったアリーナ様が仁王立ちしていた。

「話は聞かせてもらったわ！　私はいつでもイケるから、ちゃっちゃと作戦考えちゃってよね！」

いきなり登場してそう断言したアリーナ様はめちゃくちゃカッコよかったが、あまりの急展開に頭が追いついてこない。

「あ……アリーナ様、あの、その、今までどこに？」

とっさに出てくる言葉も、なんだかそっけないものになってしまった感が強い。だけどそれは、本当に本当に、この一週間ずっと考えていたことだった。

それだけに、この一言を言葉にできただけで、俺はなんだか感極まって両目から涙が零れた。

「え？　まあちょっとそこまでね。大丈夫よ、仕上がりはバッチリだから」

アリーナ様はぐっと親指を立てる。その仕草は確かにアリーナ様のもので、俺はなんだか感極まって、目頭が熱くなってくる。

「何泣いてるのよナオーク！　本当にあんたって涙もろいわね！　でもね、泣くのは後にしなさい！これから忙しくなるんでしょ！」

そうだ……そうだった。これから俺たちは、エルゼの考える作戦で魔族の姫を打倒する。

俺は涙を拭い、決意を改めた。

第五話 決戦

「さーて、帰ってきたわね」

アリーナ様が楽しげに笑い、自分がやられた場所を見る。

現在俺たちは、魔族の領地へと戻ってきていた。静寂の中に、敵が組んだ陣が見える。アレを超えた先に、アモナが待ち構えているはずだ。

思わず手が震えてしまう。その震えを隠すように、硬く拳を握る。

「ナオーク、あまり無茶な行動を取るなよ？　お前は作戦の要だからな」

「分かってますって」

その震えに気が付いたエルゼは、武者震いだと思ったようだ。

俺に声をかけた後はすぐに前を向き、目標に集中している。

その先には、足場の悪そうな、岩盤の隆起があった。前回の戦いまでは平原だったこの場所が、アモナの魔力によって見るも無惨な姿へと変えられてしまったのだ。

多少緊張がほぐれた俺は手から力を抜いてリラックスする。

「いつ仕掛けるんですか？」

「うむ……そうだな、もう行くか。これ以上待っても何があるわけでもないだろうしな。アリーナ、行くぞ？　準備は出来ているだろうな」

「もっちろんよ！　いつでも飛び出せるわ！」

「では作戦どおり、出来るだけ雑魚を引き付けて、ナオークとアモナを対面させるぞ。ナオークは、アモナと対峙してからが勝負所だぞ？」

「はい！」

力強く返事をして、俺は決意を固めた。

ここからは何が起こるか分からない。だからこそ一瞬一瞬、集中して臨まなければ……。

「まずは敵将の居場所の把握からだ。いくぞ！」

エルゼの号令が響き渡り、後ろに控える兵士や傭兵たちが轟で応えた。

アリーナ様とエルゼは先陣を切って走り出し、それに続くように兵士たちが追う。

その中に紛れるようにして、俺も走り出す。

前で大暴れするアリーナ様かエルゼのところに、アモナが来てくれれば話が早いのだが……そう上手くいってはくれないだろう。

どのタイミングでアモナが戦闘に介入してくるのか、エルゼも予測がつかなかったらしい。

『もっと好戦的なタイプなら、前で暴れている私やアリーナの下へ真っ先に来るだろうが……』

とエルゼが力なく頭を振っている記憶が浮かび上がってくる。

なので、エルゼはアモナが戦いに参加してくるまでの間、暴れに暴れるようだ。

アモナを制圧した後の戦闘を出来るだけ短くするためにも、なるべく多くの敵を倒してほしいと全軍に支持を送っていた。

この作戦はわかりやすかったようで、元から血の気が多いアリーナ様やクレール、味方についてくれた魔族たちの士気を急上昇させた。

戦場を見渡すと、クレールがさっそくサイクロプスと互角以上にやり合っている。

クレールの活躍もかなりのものだが、アリーナ様とエルゼはもっと凄い。さらに前線で、複数の敵を相手に大立ち回りだ。特にアリーナ様の動きときたら、今まで見た以上のキレがあった。

一切無駄のない動きから、敵の急所を的確に捉え、一瞬で戦闘不能へと追い込んでいく。一週間と少しの間に、何をしたらこんなことになるのか……。

「ととと!!」

アリーナ様の戦闘に見惚れていると横から敵の一撃が飛んできた。それが雑兵からの攻撃だと分かると、俺は一度立ち止まり、大ぶりの拳を叩きつける。それだけで敵は彼方へと吹き飛んだ。

(ふぅ、小さい奴で良かった……。こんな場面エルゼに見られてたら怒られるな……)

もっと的確に攻撃されていたら、今の一撃でやられていただろう。あれだけ言われたのに油断していたことを反省し、俺はさらに先へと進む。

戦いの中心からはどんどん外れていく。それでも自信を持って進めるのは、目の前をひた走るアリーナ様とエルゼのおかげだ。

もはや後方での激突は一切気にしていないのは、同盟軍の兵力に絶対の信頼を置いているからだろう。ふたりは迷いなく、先へと走り続けている。

その先にアモナがいると直感しているようだった。

後を追う俺のことなどお構いなしに、ふたりはどんどん先へと進む。その間にも強力な魔物が行く手を阻もうと立ちふさがるが――。

「は！」

「ふん！」

ふたりは一息でその魔物たちを斬り伏せて進んでいく。時間が経つにつれて、調子が上がっているようにも見える。

「こんなんじゃあたしたちは止められないわよ！　さっさと出てきたらどう――アモナ!!」

一刻でも早く一戦交えたいのか、アモナへ挑発の言葉を投げかける。

「ふふん、前回あれだけボロボロにしてやったというのに……。人間とはもう少し頭が良いものだとばかり思っていたが、我の勘違いか？」

アリーナ様の挑発に、待ちわびていたかのように、どこからともなくアモナが答えた。

「だが、その意気や良し。特別にその挑発に乗ってやろう」

姿は見えない。だが、明らかに空気が変わった。晴れ渡っていた空には暗雲が覆い、所々に雷が落ちる。

そしてその稲妻の一つが、空間を切り裂くように走ると――そこには明らかに今までの敵とは雰囲気が違う、ひとりの女性が佇んでいた。

（あれがアモナ……）

初めて見る魔族の姫の姿は、あまりにも神々しく俺の目に映った。それは俺が魔物であるからだろうか。女王を認め、反射的にひざまずいてしまいそうな、そんな魅力がアモナからは漂っている。

（くっ……。落ち着け……呼吸を整えろ）

俺はそのアモナを、これから犯さなければならないのだ。こんなところで気圧されるわけにはいかない。後はアリーナ様とエルゼを信じて、チャンスを待つ。それだけだ。

「ようやく現れたわね……。あのときの屈辱……晴らさせてもらうわよ！」

アリーナ様は手に持った剣の切っ先をアモナへと向ける。

「ふん、そこまで言うのだ、少しは強くなっているのであろうな？」

ふたりの視線がぶつかり合い、見えない火花が散る。そして、一瞬の間を置いてその火花は火薬へと着火し、爆発した。

ふたりの姿が揺らいだかと思った瞬間に、鉄と鉄がぶつかる甲高い音が響いた。

気が付けば、アリーナ様とアモナはふたりが対峙していた中間地点で刃を合わせている。

「エルゼ！」

アリーナ様の短い言葉を聞いて、エルゼは咄嗟に動きを封じられたアモナへ剣を振るう。

短いかけ声だけで反応したエルゼの判断力は相当なものだったが、それでもアモナにとっては多少でもタイムラグがあれば、その状況を打開するには十分だった。

アモナはアリーナ様の剣を下へと受け流すと、エルゼが振るった剣を軽々と避けてしまった。

「ふむ、前回よりは良い反応だな。だがまだまだ甘いな。欠伸が出ることはないが、それでも退屈だ」

涼やかな表情でそう言ってのけるアモナに、アリーナ様は楽しげに目を輝かせる。

「エルゼ、今度は油断しないでよね？」

「すまん」

ふたりはちらりと視線を交差させると、同時に動いた。

「ほう？」

アリーナ様は縦横無尽に動き回り、前後左右上下から必殺の一撃がアモナを襲う。そしてその隙を縫うように、正確無比なエルゼの突きが閃く。

アモナはそんな、常人なら何百回殺されているか分からない一連の攻撃を、顔色一つ変えずに全て捌ききる。

「くっ！」

「まったく、とんだ化け物ね！」

あまつさえ、極浅いとはいえ、ふたりに反撃の一撃さえ加えている。

「だけどエルゼ？　結構いけそうじゃない？」

「そうだな。思っていたよりはついていけている印象だ」

「ほう？　なかなか余裕そうではないか。我とここまで実力差があるというのに。さては何か策があるな？」

「流石に前回圧倒された相手に、無策で挑む馬鹿はいないだろう」

「ほう、随分あっさりしておるな」

「エルゼ？　ちょっと……」

対アモナのために策があることを自ら教えてしまったエルゼに、アリーナ様が眉をひそめる。しかし、エルゼは肩をすくめて、仕方がないだろう、と返答した。

「ここでそんなものはないと言っても、頭のキレるアモナのことだ。すぐにバレるだろう？」

「ふふ、なかなかどうして、お主も頭の回転が速いの。それではお主の策とやらがどんなものか、楽しみにさせてもらおうか？」

アモナの手の平に、莫大な量の魔力が蓄積される。空間が歪むほどに圧縮された魔力は、解き放たれればこの一帯を消し飛ばすには十分だろう。

「やれる、ものならな！」

圧縮された魔力がアリーナ様とエルゼに向けて放出されようとした瞬間——俺はその、ふたりをあざ笑ったアモナの一瞬の隙を見逃さなかった。

岩陰から飛び出した俺は、必死にアモナの腕を掴みその腕を上へと上げさせる。

「な——!?」

いきなり腕を掴まれたアモナは驚愕の表情を浮かべたのと、解き放たれた魔力の塊が轟音を発しながら天を貫いたのは、同時だった。

第六話　晒された弱点

「は――放せ！」

まったく考慮外の存在が、考慮外のタイミングで現れて腕を掴んだことに、アモナは流石に驚きを隠せずに狼狽の色を見せた。

上に向けられた手を下へ払おうと力が込められる。俺はその動きに合わせて、抵抗せずに腕を放した。勢い余ったアモナはバランスを崩す。

「ほい!!」

俺はそんなふうにバランスを崩したアモナを、今度は支えるようにして腰に両手を回した。

「な、なななななな!?」

それだけで、緊張からかアモナの動きは固くなる。顔を真っ赤にさせて、目を泳がせ、顔中から汗を噴き出させている。その反応を確認して、俺はこの作戦が見事にハマったことを直感した。

「ナイスタイミングよ、ナオーク！　やればできるじゃない！」

「絶対に放すなよ、ナオーク。まだ仕事は終わっていないのだからな」

ふたりから褒められた俺は、分かってます、と頷いた。

「な……何をするつもりだ、お、お主……たかだかオークの分際で、我の高貴な肌にふ、ふふふ触れるなど……！」

動揺を隠しきれないのか、怒りの言葉を噛み倒したアモナに、エルゼが得意気に宣告する。

「ある筋から貴様がウブな生娘という情報を手に入れてな？　処女のまま人生が過ぎていくのはもったいないと、ささやかなプレゼントを用意させてもらったのだ」

「な――！　だ、だだだだ誰がウブな処女だと!?　わ、我は決してそのような――ひっ！」

言い訳をしようとしていたアモナを黙らせるために、俺はアモナの首筋をぺろりと舐め上げた。

さらに、アモナの髪に顔を埋めて、思い切り深呼吸をする。直前の戦闘では汗一つかいていなかったのに、俺に掴まれた緊張から、脂っこい汗が噴き出していた。その、多少キツい匂いがたまらなくエロく、俺はすぐに息子を勃起させた。

「お、おおおおい、お主、馬鹿止めろ……こ、腰……背中に……何か、硬いのがあ、あああ当たって……」

それまでなかった異質な感触に、アモナはすぐに気が付いたようだった。露骨に怯え、萎縮している。

「気が付きました？」

「な……ななな、これは……」

「分かってるくせに聞くんですか？　もちろん俺のペニスですよ。デカくて、硬い、これからあなたを犯す、オークペニスです」

「お――おか、おかおか、犯す？　わ、我を？　せ、セックス……」

まるで死刑宣告でもくらったかのような、絶望が滲み出た声色。俺はたたみかけるようにアモナの想像を膨らませる。

「ほら、この押しつけてるのを、今からアモナのおまんこに挿入するんですよ？　初めてはちょっと痛いかもしれませんけど、すぐに気持ち良くさせますから、諦めてください」

ぐいぐいと腰をこすりつけると、そのたびにアモナは小さく悲鳴を零す。

「や……やめろ……我は……魔族の……ひ、ひ、姫……なのだぞ。お主のような、て、低俗な……ひっ、低俗な魔物が……ほ、本来ならこんな、だ、抱きしめるようなことも……か、かたっ、当たって……許される立場では……」

「そんなの、関係ないですよ」

事前に、エルゼから言われていたように、俺は精一杯オークらしいことをアモナに囁きかける。

「俺が気持ち良くなれる女の身体なら、なんだっていいんですから……」

その言葉で、アモナの身体から力が抜けていく。俺は恐る恐る片腕を腰から放して、アモナの身体に這わせていく。

「あ……ああ……やめ、貴様……やめろ」

「止めるわけないじゃないですか……こんな良い身体を好きに出来るのに、ねえ？」

おっぱいへ到達した俺の手は、出来るだけ乱暴にやわらかな肉を掴み、揉みしだいた。

「ほら、アモナのおっぱいもこんなに俺を誘ってるじゃないですか」

「うっ……うぅうう……やめ、ぐすっ」

大したことを言っていたわけではないのに、アモナは俺の拙い言葉責めにすら耐えきれず、ついに泣き出してしまった。

「うぅうう……やめ……て……。やめ……!!　うわあああああ!!」

「おえ!?」

しかし、それが誤算だった。感極まったアモナの足下に魔力が圧縮され、爆発したのだ。

一瞬にして足場が崩れる。

空中に投げ出され、地面に空いた大きな空洞に、落下していく。

落ちながら——スローモーションになる世界のなかで、慌てて手を伸ばす。差し出した手を必死で掴もうとするアリーナ様が、見えるが——間に合わない。

俺とアモナは無情にも、どこまで続くのか分からない暗闇に飲み込まれた。

※　※　※

「貴様！　起きろ!!」

「おぶえっ!!」

お腹に衝撃を受けて、俺は目を覚ました。

「うえ……はぁ……え？」

意識を取り戻して最初に思ったのは、生きているんだという驚きだった。

ぼーっとする頭で顔を上げると、そこには怒りの表情を浮かべるアモナの姿があった。

「ここは……」

アモナがやったのだろうか、見たこともない装飾が施された壁に魔法の炎が灯り、ほのかに部屋を照らしている。

どうやら地下遺跡の一室に落ちてきてしまったようだ。運が良いのか悪いのか。

「立て……!!　さっきは……よくも……よくもやってくれよったな!!　五体満足で……否、生きて帰れると思うなよ……!!」

アモナの叫びに、意識が引き戻される。アモナの顔をよくよく見れば目頭には涙が溜まり、頬は上気している。

俺は腹の痛みにうめき声を漏らしながら立ち上がった。

「ふん……!!」

「うぐっっ!!　あ……う……」

アモナは俺が立ち上がると、間髪入れずに腹へパンチをたたき込んできた。受けることさえ出来ずに、まともにそのパンチを喰らった俺は、数メートル後ろへ吹き飛んだ。

「はぁっ……あっ」

「まだだ、立てうすのろ！　こんな程度では我が受けた辱めは帳消しにならんからな！　安心しろ、我の気が済むまで、死にそうになったら生き返らせてやる……！　何してる、立……ひっ!?」

俺はアモナが言うとおり、立ち上がった。それだけで、威勢の良かったアモナがまた、怯えた表情を作る。

「どうしたんですか？　言われたとおり立ち上がりましたよ？　殴るんでしょ？　なんで後退ってるんですか？」

「ば……馬鹿者！　そ、その下半身はなんだ!?　な、何故ぼ……そ、うっ……す、すぐにしまえ!!」

「何で俺のペニスが勃起しているのか、ですか？」

ずいっ、と腰を突き出して、いきり立つペニスを見せ付けながら、俺は一歩アモナへと近付いた。

「う……うわあああ!!　来るな！　来でない!!」

アモナは軽いフットワークで俺に近付き殴り飛ばすと、すぐに距離を取った。

「うっ……ふ……ふふふ……へへ、へへへ……」

俺はすぐに立ち上がり、さらにペニスを主張した。

「な……なんっ。さっきより……大きく」

「なんだ、恥ずかしがりながらも、ちゃんと見てるじゃないですか」

「きっ、貴様が見せているんだろうが!!」

涙声でアモナは怒鳴る。だが、その腰は完全に引けていた。

「なんで俺のペニスがこんなになってるか、でしたね」

アモナの質問に答えるために、俺はずんずんとアモナへと近づいていく。

「や……く、来るな！　それ以上我に近付くな！　やめ……ひっ……ひゃん！」

その迫力に急いで逃げようとしたアモナは躓いてしまった。

俺はチャンスとばかりに距離を詰める。転んだまま、それでも距離を取ろうとするアモナに追いついて、その鼻先にペニスを押しつけた。

「ひゃ……おぇ……くさ、ひ……」

「それはですね……。俺が、マゾだからですよ」

俺の言葉を理解しているのかいないのか、アモナはどこか遠くを見ながら、全身を震わせていた。

第七話　強気なナオーク

「ほら、早く俺のペニス、舐めてくださいよ」

俺はほっぺたにぶにぶにとペニスを押しつける。アモナのほっぺたはもちもちすべすべで、いつまでも楽しんでいたい感触をしていた。

「あぁ……ほっぺたスベスベで……すぐに射精ちゃいそう……」

「ふ、ふざけるな！　そんなことをして、ただで済むと思っておるのか!?」

ペニスでほっぺたを押し潰されながら凄まれても、まったく怖くなかった。それどころか、ちょっと悪戯してやろうか、という気持ちにさせられる。

「あぁ～……すごっ、ああ～……」

俺は構わずアモナの頬を使ってペニスを扱いていく。もちもちの肌で裏筋を一生懸命シゴくと、吸いつくような触感がたまらない。

ペニスをピストンするたびに、アモナは不愉快そうに表情を歪めた。その目に涙が溜まっていることに気が付いて、俺の心の奥底でぞくりと何か、得も言われぬ感情がざわめいた。

なるほど、アリーナ様たちが俺を虐める気持ちが、なんだか分かった気がする。あまりにも気持ち良すぎて、鈴口からカウパーが溢れ出してきた。

するとアモナはただでさえ真っ赤にしていた頬をさらに紅潮させた。

「うっ！　き、貴様！　本当に出しよったな!?」

「え？」

なんのことかと頭の上に疑問符が浮かぶが、アモナに押しつけたペニスを見て、まさか……と彼女に質問する。

「まさか、ですけど。この透明なのを精液だと思ってます？」

いやいやまさかな……という俺の予想は、

「え……あ、そ……そんなこと、し、しし、知っておるわ！」

というアモナの強がりな反応で確信に変わった。

「あれぇ？　必死に強がっちゃって、まさか本当に知らなかったんですか？　精液のことは分かるのに、カウパーが分からないなんて……」

ほとんど侮蔑するように対応すると。アモナは思い切り歯を食いしばって、悔しそうに唸った。

「その顔も可愛いですよ。じゃあ、諦めてさっさと俺のペニスを口で舐めてもらいますよ？」

「や……やめっ、そんな大きいの、入るわけなうぐぅ!?　ご……おぇ……」

俺はアモナの口をペニスでこじ開けて、口内への侵入を成功させる。アモナの口の中はなかなかに狭く、俺の太いペニスは半分ほどしか埋まらなかった。

「どうですか、初めて口の中を犯される気分は……。あ、もし俺のペニスを噛みたくなったら、いつでも噛んじゃっていいですからね？　それも、俺にとっては最高に気持ちいい刺激なんで……アモナにとっては苦しいことになるかもしれないですけど……」

「あ……ああ……」

「悲鳴漏らしてないで、早く舐めてくださいよ!!」

「ひっ！　……あぅ……おっ、おぇ……えげぇ……うっ」

恫喝すると、アモナは直前まで纏っていた威厳をかなぐり捨てて俺のペニスを舐め始めた。口の中の大半をペニスで埋め尽くされたうえ、初めてのフェラチオで舌の動きはぎこちない。だが、それでもぎこちないながら、必死に俺が気持ち良くなれる場所を舐めてくる。

「あ〜……すごっ、あ〜……もっと亀頭を喉奥に押しつけて……ふぁ〜……あっのどおくのぶよぶよぉ〜……」

「ひぐっ……うっ……うぅう……ひっ、うぐ……おぇ……」

何度も嘔吐きながら、それでも俺の命令に従うのは、恐怖心からだろうか。

あの魔族の姫を恐れさせ、屈服させているこの状況は、もしかしたら俺にとってもっとも輝いている瞬間ではないだろうか。

「あ……あごふぁ……はずれふぉう……。ふぁの……む、やふまへて……きゅれ……」

アモナはせめてもの抵抗からか、やみくもに腕を伸ばして俺の尻肉をがっしりと掴んだ。そんな必死なアモナに、追い打ちを掛けていく。

「はぁ？　貴女、今自分がどんな立場にいるか分かっているんですか？　そんな上からの物言いで、楽になれるわけないでしょう？」

「ひゃぁ……」

なんだかノッてきた俺は、アモナの頭をがっしりとホールドすると、アモナの口のさらに奥へペニスが届くように、ぐっと腰を突き入れた。

「おぐぇええええ!!　おがっ……あっうぇええ……おっぐえ！」

口腔内はほどよく保温され、嘔吐きの痙攣がダイレクトにカリ首周辺を刺激して、最高の心地を俺に提供してくれた。

「これだよこれぇ……」

白目を剥いて涙を流すアモナに構うことなく、俺はさらなる気持ちよさを求めて腰を引き抜いた。

「おぼぉおお」

女性の汚い喘ぎ声を聞きながらペニスを喉から引き抜くことに、これほどの背徳感があるとは知らなかった。俺はペニスが喉奥から引き抜かれたことで安心しきったアモナへ、すかさずペニスを再侵入させる。

「おべぇえ!!　や……やべろ……喉が……づぶれる……しゃべれなぐ……なっでじばう……」

アモナが喋れなくなったとしたら、同盟軍にとってこれほど有益なことはない。俺は構わずピストンを続ける。

潰れた蛙のような音を漏らし続けながら、アモナはペニスの出し入れ一往復ごとに、びくびくと全身を痙攣させる。

「おっ……おぉ……おぐっ……おげっ……」

必死に掴んでいた俺の尻も、喉奥にペニスを突き入れるごとに、力が抜けていく。

たった数分も経っていないというのに、アモナの手からは完全に力が抜け、だらりと垂れ下がるまでになっていた。

怒りくるっていたアモナの表情は、怯えた子鹿のようになり、完全に俺がマウントを取った状態となった。ここまでくればもう、地面を崩すような下手な抵抗はしないだろう。

それでもピストンの勢いは緩めずに、口の中を存分に犯し続ける。

「もう気力切れですか？　これじゃあオナホみたいですね。へへ、魔族の最高権力者をオナホに出来るなんて、同盟軍に入って本当に良かった……おぅ……!?」

きゅきゅきゅっ！　といきなり、アモナのお口まんこがペニスを締めつける。

「おぼ……おえええええ……んぐっおえええええおえ!!　ひぐっ！　うえっ！」

「……あ〜あ」

どれほどの屈辱と恐怖の結果だろうか、アモナは突然とめどもなく涙を垂れ流したかと思うと、股間の中心から黄金色の水を勢いよく放出しはじめた。

びちゃびちゃと、勢いよく足下に水たまりが出来上がる。その水たまりからは、つんとするような濃いアンモニア臭が立ちこめる。

「そんなに俺が怖いですか？　おしっこして威嚇するくらい？　でも、それじゃあダメですよ。女性のおしっこなんて、俺にとってはご褒美みたいなものですからね。特にこんなに濃くて、主張するようなおしっこしたら……ほら」

「んぐっ!?」

ひときわ膨張したペニスによって、アモナの顎が軋みを上げる。

「ほら……こんなことになっちゃいましたよ？　あぁ……出来ればアモナのおしっこシャワーを浴びながらオナニーがしたいですよ」

「……」

「あれ？　返事も出来なくなっちゃいましたか？　そこまでやるつもりはなかったんですけど……。でもほんとこのお口まんこ……ペニスをギュンギュンに締めつけてきて、天国にいるみたい」

弛緩した口内は適度な締めつけを保ちつつ、最高の柔らかさへと昇華している。

「こんなの提供されたら、お礼に気持ちいい汁、たっぷりあげないと……割に合わないですね。俺のペニス、ビクビクしてるの分かりますか？　これが、いっぱい気持ち良くしてくれてありがとうございます、これから精液出しますよって合図です。たっぷり濃厚なの出しますから……!!」

「……!?」

まだちゃんと意識があったのか、アモナは俺が射精準備に入ったと聞くやいなや、泣きはらした目を目一杯広げて、また俺の尻を掴んだ。

「あぁ……お尻に爪立ってぇ……おふっ、ペニスの芯にくる刺激ぃ……」

逆効果になってしまうと分かっていながら、アモナはそれでも抵抗を止めない。爪を立てるのがダメなら殴り、それがダメなら叩く……。そんなそよ風みたいな刺激を感じながら、俺は悠々とピストンを続け、ペニスが最高潮に気持ち良くなる運動を続けた。

「あぁ～射精る!!　アモナの激柔お口まんこのゴリゴリピストンで……!!　初絞りされるっ……うううううう!!」

俺はぐいぐいと腰を突き入れて、ペニスを口腔内の最奥へと押し込んだ。

「うっ……おおぉぉお……ほおおおおお!!」

「うぶぅううう!?」

そして、引き抜く勢いを利用して、アモナの口の中へ最大量の精液を吐き出した。

第八話 押し倒された女王

「おぼぇ……!!　げほっ！　げほおえっ！　はっ……ああ……うぅ……」

ペニスが引き抜かれるのと同時に、アモナは白濁液を吐き出した。

「うっ……苦っ……こんな……うぅ……」

アモナは地面に吐き出された精液を直視して、肩をふるわせた。そういえば、射精したらただではおかないと釘を刺されていた気がする。だが、アモナの様子を見る限り、気勢だけのようだった。

震える腕を必死に伸ばし、漏らしてずぶ濡れになった下半身に構うことなく、アモナは俺から少しでも離れようとしている。

「逃がしませんよ？」

だが、そんな状態で逃げられる理由はなく、あっけなく俺に追いつかれる。

「く……くるな！　触るでない！　我は……我は……!!」

「ナオーク!?　大丈夫!?」

最後の威厳を振り絞り、アモナが何事か叫ぼうとしたちょうどそのとき、遺跡の部屋で反響したアリーナ様の声が届いた。

アモナはこれ以上ないほど血の気が引いた表情で、声のしたほうへ首を動かした。

「あら？　ちょっと見てよエルゼ、あの女王様の顔」

「どうした？　……ほう？」

後ろについてきていたエルゼが、アリーナ様の催促に顔を突き出す。その視線の先には、口元を白濁液で汚しながら床を這う、無様な姿をしたアモナがいる。

「ねえエルゼ？　あたしちょっと良いこと思い付いちゃったんだけど、やっちゃってもいいかな？」

「……好きにしろ。作戦はだいたい成功しているようだし、少しくらいは構わないだろう」

エルゼの許可を得たアリーナ様は、うきうきと目を輝かせてアモナへと近付いていく。

「ナオークも文句ないわよね？　ふふっ、さっきまでとはまるで別人じゃない。これなら修行する必要もなかったかな？」

アリーナ様は恐怖で固まってしまったアモナを床に仰向けに倒すと、その股間に顔を近付けた。

「ちょっとどうゆうこと？　あんた、ナオーク相手に漏らしたの？　おまんこからおしっこの匂いがぷんぷんしてくるんだけど？」

「や……止めろ！　そんなところの臭いを……嗅ぐな!!」

アモナは必死に足を閉じようと力を入れているようだが、アリーナ様はそれを手を使って阻止する。

「強がっちゃって可愛いわね……。でも、そんなんじゃあたしは止められないわよ？　ほら、こんなに簡単にあんたのおまんこを舐めることも出来るんだから……れろっ」

アリーナ様はいつも俺にするような調子でアモナに語りかけ、挑発するようにマンスジを軽く舐め上げた。

「くっ……うぅ」

「何？　もしかしてこれからされること想像して興奮してるの？　ねえ、だったらちゃんとそう言ってよ……」

アリーナ様はいやらしい笑顔を浮かべると、アモナのワレメを、さらにねちっこく舐めていく。

「れろれろ、ぺろっ、……ふふ、お豆ちゃん……」

そして、アリーナ様は舌を尖らせてアモナの一番敏感な部分を軽くつつく。

「ひぁっ!! や、やめ……!! そ、そこはっ……んなああ!! 一番っ、敏感な場所だからぁ!!」

「へえ? ここが気持ちいいって知ってるんだ? 生真面目な女王様は、そういうことにまったく興味ないのかと思ってたけど、ひとりでこっそりオナニーしてるのね?」

「違う……ちがっんひぃ……!! ちがうぅ!!」

「ナオーク? この女の手を押さえてなさい！」

恥ずかしさのあまり、手で顔を覆おうとしていたアモナの行動を読むように、アリーナ様は俺に命令を下した。俺はすぐにアモナへと接近すると、絶対に動かせないように両手を押さえつけた。

（うっ……アリーナ様のまんこが、近い……）

必然的にアリーナ様の股間に接近することになる。アモナのまんこを舐め、虐め始めた影響だろうか、ショーツの中心には染みが出来はじめていた。

「あむじゅるじゅる……アモナのおまんこ汁……甘酸っぱくて美味しいわよ?」

「い……いい加減に、んひっ！ 股間を舐めるのをっ……おほぉ!! や、やめりょおぉおおお……!!」

「股間? それってどこかしら? あたしが今舐めてる、ここのこと? いい、アモナ。あたしが舐めてるここはね、お・ま・ん・こ、っていうのよ? ちょっと言ってみなさいよ」

「だ……ンンンッ!!　あひゅ……！　誰が……んぐぅ……。そ、そんなはしたない言葉を……使う……ものかっ、あはんっうぅぅ!!」

さすがは魔族の統括者、といったところだろうか。俺のフェラであれほど打ちのめされていたのに、アモナは気力を回復させつつあった。

「あ、この小さなビラビラの間に溜まってる垢と一緒にすると、クリーミーになって、いくらでも舐め続けられそう……」

だが、アリーナ様もアリーナ様で、気にせずにアモナのまんこを責め続けていく。

アモナのまんこの表面部分を執拗に舐め回し、思い出したようにクリを責め、ときにはマン肉を甘噛みする。

「フーッ!!　フーッ！　ンフッ……ふー!!」

アリーナ様の技巧を一身に受けて、アモナは抵抗の声をあげることすら出来なくなったようだ。

顔を真っ赤にしながら歯を食いしばり、ただこの快楽責めが終わることを願っているようだった。

だけど、俺は知っている。こうなったアリーナ様は、ただじゃ終わらない。

「アモナのおまんこ舐めてたら、あたしも興奮してきちゃった……。ねえ？　見えるでしょ、あたしのおまんこがぐちょぐちょに濡れてるの。あんたに舐めさせてあげるわ」

染みが広がりきり、ぽたぽたと水滴が落ちるほど濡れているショーツを、アリーナ様はアモナの顔面に叩きつけるような勢いで押しつけた。

「んぶぅ!?」

顔面への不意の一撃で、呼吸がふさがれ、アモナはパニックを起こす。

「はぁ……それ……」

そう言いながら、腰を動かしているのはアリーナ様だ。アモナの顔の凹凸を利用して、自分の秘所を刺激していく。

「けど、ちょっとは舌とか使いなさいよ……。あんたやる気あるの？」

理不尽とも言える怒り方に、アモナは「ンムゥウウ!!」と抗議の声をあげる。

「はぁ？　何言ってるか分からないのよね。あんた、あたしをバカにしてるの？」

しかしそれは、アリーナ様をただ怒らせるだけだった。

アモナは、そのアリーナ様の冷たい声に、自分がやってはいけないことをしたことを悟る。

「お仕置きが必要みたいね？」

「んぶっ？　あっ……ぎぃいいいいいいぃ!?」

アリーナ様は容赦なく、アモナのクリへ歯を立て、思い切り顔を上へとそらした。

プチプチと肉が裂ける音と共に、アモナの絶叫が部屋に反響する。

「これくらいじゃどうにもならないわよね？　だってあんた、魔族の女王様だものね？」

「かはっ……！　あっ……かふっ……た……たす、うぇえ……こん、こんなあぁ……いだいぃ……いだいぃ……」

「痛いなら治癒すればいいじゃない？　そしたらまた、噛んであげるわ。あんたがあたしのおまんこ、ちゃんと気持ち良くしてくれるまで、ずっとね？」

その一言で、アモナはアリーナ様から逃げることは出来ないと悟ったようだった。顔面蒼白となり、力なくアリーナ様のまんこをぺちゃぺちゃと舐め始める。

アモナは助けを求めるような視線を俺に向けてくるが、俺はにっこりと笑いかけ、

「すぐに気持ち良くなりますよ……」

と耳元で囁いておいた。アモナの目頭から一筋の涙が流れた。

「うぅん……！　はぁ……んっ、そう、もっとヒダヒダの間も綺麗にするように舐めて……あんっ……初めてにしてはいいじゃない？　あっ、もうちょっとで軽くイくかも……」

「ひっ……なんっ、お、お腹の奥が……ジンジンしてきっ……てぇ……な、こ、これ……なん、あああ！　舐めるのだめ、それ以上は、お願いします！　狂ってしまう！　た、保てなくなるから！　おね……あひぃひいいいい！　やだやだやだぁ！　くるっ、く……おおおお！　ンオオオオオオ!!」

「あんっ、あああ……」

片方は軽く身体を震わせて、もう片方は抑え付けられながらも盛大に身体を震わせて、ほとんど同時に絶頂をむかえたようだった。

「アリーナ」

それを見計らっていたのかどうなのか、それまで静観していたエルゼが、アリーナ様へ声をかけた。

「私もまぜろ。そんなに見せ付けられたら、流石に我慢が出来ないからな……」

「ひょ……ひょん……もうっ、む……むりだ……」

エルゼが参戦の意志を見せると、絶頂によって身体を跳ねさせているアモナが、力のない泣き言を零した。

第九話　ふたりの姫と目覚めた女王

「アリーナ、そんなにアモナのまんこは美味しいか？」

アモナの顔をじっと凝視しながらエルゼはアリーナ様にそう問いかける。

「ふふ、最高よ？　エルゼも食べてみたい？」

「ああ、どんな味がするのか、とても興味がある」

「それじゃあここ、代わってあげる……よっと！」

アリーナ様は上半身を起こすと、アモナのまんこをエルゼへと明け渡した。そのままアモナの顔面の上で腰を動かして、おさまりがいい場所を探し当てる。

「あぶっ……うぅ、ううう……」

一度心が砕けているとはいえ、この、自分の意志とは関係なくことが進む状況に、アモナは耐えられるのだろうか。

「どれ、さっそくいただくか……」

エルゼは至って平静にアリーナ様の涎と、アモナのおしっこ、そして愛液でぐちょぐちょになったおまんこに舌を伸ばす。

「ぺちょ……。うむ、なるほど？」

一舐めすると、舌で転がすように口をもごもごさせ、玄人のような感想を口にする。

「ふむ、ある程度の酸味をもちながら、生娘特有の甘さがしっかりと出ている、いい愛液だ。それが涎と尿でブレンドされ、より熟成された香りが口の中に広がるな。これならいくらでも飲めそうだ。ぺろっ……感度も十分のようだな。これもアリーナのクンニのおかげだな」

「そうでしょ？　けっこういい具合に仕上がってると思うのよね……ちょっと、舌が止まってるわよ？　しっかりおまんこほぐしなさいよ」

「んぶっ……ぶぁい……」

エルゼにまんこを舐められているにも拘わらず、アモナの反応は希薄で、ハタから見ても面白みがないものになっている。そんな気力が残っているはずもないのだが……。このままいけばまた、アモナはふたりに酷い目に遭わされることになるだろう。

「エルゼ？　ビラビラの間に垢が溜まってるから、綺麗に舐め取ってあげると、この子喜ぶわよ」

「そういえばそんなことも言っていたな。れろっ、おむ……くちゅ」

「んっ……んむっ……ぴちゃ……ぴちゃ」

反応は薄いものの、性器を丹念に舐められると流石に感じてしまうのか、アモナは軽く喘ぎ声を漏らしている。

「ちょっと反応が薄くなってきた？」

それでもアリーナ様にとってはまだ不満なようだ。顔におまんこを押しつけた状態で、アリーナ様はアモナの身体をじっと観察する。

そして——。

「このだらしないおっぱいとか、使えるんじゃない？」

と、アモナの片胸を鷲掴みして、持ち上げた。

でろんと、お餅のように伸びたおっぱいをエルゼは一瞥すると、なるほどな、と頷いた。

「こういうのはどうだ？」

と、エルゼは無造作に掴まれ、伸びたおっぱいの下部をひっぱたく。

「いひぃいん!!」

「良い声で鳴くじゃないか。これでこの前の借りが返せそうだ。さんざんにやられたからな、少しくらいやり返してもバチはあたらんだろう。……それにこいつ、いい素質も持っている。調教のしがいがありそうだ」

エルゼの瞳がきらりと光る。あの眼光には見覚えがあった。エルゼとのはじめてのとき、怯える俺に浴びせていたものと、まったく一緒だ。

エルゼはアモナに、俺と同じようなマゾ性を見いだしたようだ。そしてそれは、多分正解だろう。俺ですらアモナが怯える姿を見て興奮してしまったのだから、その内に秘められた性《さが》は、相当なもののはずだ。

「ふふふ……やりがいがあるな……」

「むむぅ!!　んむぅう!!」

動かせる範囲で必死に頭を左右に振り、否定するアモナ。だが、そんな彼女の反応を気にする風もなく、やる気を出したエルゼは、さっそく股間にむしゃぶりついた。

「ぢゅるる――！　ぢゅぱっ、ずるじゅる……べろ、っちゅあ！」

わざとアモナに下品な音を聞かせているのだろう。大きな音を立てながら、エルゼはアモナのまんこに吸いつく。

その効果は、すぐに現れた。アモナは――そのほとんどがアリーナ様の下半身に埋もれてはいたが――恥ずかしさのあまりに目をぎゅっと閉じてしまった。

「そう緊張するな、もっと身体の力を抜いて、気持ちよさにだけ集中すればいい……。そうだ、今からクリトリスを中心に責めてやろう……ちゅうっ！」

「ンンンンッ!!　ふむうううう!?」

どんな舌の動かし方をしているのか、アモナは閉じていた瞼を早々に開き、目を充血させるほど見開いて嬌声をあげた。

これはもう、腕を掴んでいる意味もなさそうだと思い、俺はそっと放して、少し距離を取った。三人の様子をじっくりと観察出来る位置へと移動する。

「あぁ……その唇の振動、すっごいちょうど良いわ……。やれば出来るじゃない……。ご褒美におっぱい叩いてあげる」

アリーナ様に褒められ、数回おっぱいを叩かれるアモナだが、本人はそれどころではないらしい。間断なく続けられるクリ責めに耐えるのに精一杯のようだった。

叩かれたおっぱいは真っ赤に腫れ上がっているが、その痛みも伝わっているかどうか……。ともすれば既に、あのおっぱいを叩かれることが気持ちいいことだと教えられてしまっているかもしれない。

「ぺちゃ……ん？　どうしたアモナ、マン汁が白く濁りはじめたぞ？　否定するどころか、本気で気持ち良くなっているのか？」

エルゼは舌では届かない場所を指で丹念に愛撫しながら、アモナに語りかけた。

「惨めなものだな、つい数刻前までは威張り散らして魔物を使役していたというのに。今ではエルフと人間に押し倒されて、身動きを取れぬまま、今まで誰にも見られていなかった場所を滅茶苦茶に弄られているんだからな。どうした、腰が浮き始めているぞ？　そんなに気持ちいいか？　こうやって――」

エルゼは空いている手を振り上げて。渾身の力を込めて振り抜いた。

ズパンッ！　とそれまで以上に大きな音を鳴らして、アモナのおっぱいが左に弾け飛んだ。

「ンぅぁあ!?　あぶっ……じゅっ、あぶ……」

「おっぱい叩かれるのが、気持ちいいんだな？　ははは、やっぱりそうみたいだ。見ろアリーナ、こいつの胸を叩くと、ドロドロの白濁液が染み出てくるぞ」

「そうね。唇もちょうど良くブルブル震えてくれるのよ……。これなら動かなくてもいいわね。はぁ……んっ。叩きやすいし、ちょっとあたしがやるわよエルゼ」

「そうか？　なら頼む」

エルゼはアモナのまんこを舐める作業に戻った。その代わりにアモナのおっぱいを叩くことになったアリーナ様は、やる気満々だ。

「ふふ、どんなふうに可愛がってあげようかなぁ？」

アリーナ様はぽよぽよと品定めするように、アモナのおっぱいに触れる。

「普通にやってもつまらないし、とりあえず絞ってみようかな」

ぐっと、横から両手で一つずつおっぱいを掴み、アリーナ様はギリギリと力を加えていく。徐々におっぱいにアリーナ様の指が食い込み、形を変えていく。

「んぶぅぅう!! んぶぅぅうう!!」

痛みに耐えかねて、アモナは悲鳴をあげるが、それもすべてアリーナ様を興奮させる材料にしかならない。

「あははは! いいじゃない? どう、エルゼ。この子ちゃんと気持ち良くなってる?」

「ぷあっ、ふう。ああ、どんどん白濁液が溢れてきている。それに、膣壁がかなりほぐれてきてるな。これならいつ堕ちてもおかしくないぞ」

「そう? なら、そろそろナオークにも参加してもらわないとね」

「そうだな。私たちだけでやってしまうのも、悪くはない。だが、ナオークに堕としてもらったほうが、アモナにはキツいだろうからな」

「ナオーク! 聞いてたでしょ!? すぐにこっち来なさい!」

アリーナ様に呼ばれるがまま、俺はすぐに三人の元へと近づいていった。

「ほら、さっきアモナにフェラさせてたみたいに、やっちゃいなさい」

目の前には、快楽に押し潰されて虚空を見つめるアモナの姿があった。俺はアモナの足を持って引き寄せると、復活したペニスをアモナのまんこへとあてがった。

第十話　堕落した女王

「ぅ……あっ、や、やめろ……頼む、それだけは……。わ、分かった、もう人間とエルフの領地には手をださん……。最大限お主らの主張を飲む！　だ、だから……」

処女を奪われる間際、アモナは目頭を涙で腫らしながら俺に懇願してきた。俺は、醜態をさらすアモナを見かねて、アリーナ様とエルゼにどうするか、と視線を送った。

「「……」」

しかしふたりはまったく動じることなく、俺の視線を受け止め、見つめ返してきた。

「ごめんなさい、無理みたいです」

「そんっ……い、止めぬか！　こんな……は、はじめてがオークとなんて……わ……我がどれだけ大切に……この……」

エルゼの目頭から、一筋の涙が零れた。それを合図にして、俺はアモナのまんこにあてがったペニスにぐっと力を入れて、一気に突き入れた。

「イッ……!!　ギィ!!」

ブチブチと膜を引きちぎる音がして、アモナのワレメから鮮血が流れた。

「は……はは、痛い……ははは……本当に、入って……こんな太いのが、お、奥まで……」

現実が受け止められないのか、アモナの顔からは血の気が引き、ただ乾いた笑い声を上げている。

「だ、大事な……子袋の入り口に、硬い、肉の塊が……ふ……ふふ、嘘だ。こんなもの、嘘に決まってる……ゆ、夢だ……夢……。全部……目が覚めれば、こやつらの死体が我の前に転がっているはず……」

「残念だけど、そんな都合良くいかないのよね。なんなら、今あんたのお腹をパンパンにさせてるおちんちんで、思い知ってみる？　ナオーク？」

アリーナ様のかけ声に応えて、俺は姦通したばかりの穴を使ったピストン運動を始めた。

「く……きつ……」

アリーナ様とエルゼの舌で、かなりほぐれているということだったが、それでもかなりアモナの膣道は狭く、きつい。

「ひっ……おぅ、動いて……わ、我の……お腹がぁあ……!!」

それでも一度奥まで突き入れたおかげか、まったく動かないということはなく、それなりにペニスを痛めながらも、初物まんこを掻き分けていく。

無理に突くと余計な怪我をさせてしまうかもしれないと、アリーナ様たちには気が付かれないように、振りの大きい浅い突きを繰り返す。

その甲斐あってか、新品のキツさを保ちながらも、かなりほぐれてきた。

だがその反面、アモナの精神は遠く彼方へと旅立ってしまっていた。もはや笑うこともなく、俺のピストン運動に合わせてただ力なく身体を揺らすだけになっている。

俺がこんなに頑張っているのに、この反応の薄さはなんだろうか。

さっきまではあんなにヒィヒィ言ってアリーナ様たちを楽しませていたのに、俺の番になったらだんまりなんて、あんまりだ。

俺はアモナの正気を取り戻すために、更に激しく腰を振りながら、思い切り頬にビンタをかました。

「ブッ――!! あっ……え……な、何……我はいったい……こ、ここは……あっ」

オークの力で頬を叩かれたアモナは、一瞬にして正気を取り戻した。だが、何が起きたのか分かっていないようで、キョロキョロと当たりを見渡して、そして気が付く。自分が今、どんな状況に置かれているのか。そして、それがどれほど絶望的なものなのか。

状況を理解していくその様が、その心境の変化が、ありありと目の前にいる俺に伝わってくる。

「泣きますか？」

瞼にめいっぱい涙を貯め、今にも決壊しそうなアモナに、俺は言った。

「それでも構いませんけど……泣いたって俺を喜ばせるだけですよ？ それでいいんですか？ もっと抵抗してくださいよ。足掻いて藻掻いて、全力を尽くして……そこまで頑張ってくれないと……。それとも、抵抗しないってことは認めたんですか？ 自分がどうしようもないマゾだって」

「!? ……そ、んなこと」

アモナは一瞬、俺の言葉を聞いて、身体を強張らせた。

魔族を統べるエリート中のエリートであるアモナが、苦痛で気持ち良くなるマゾであることを、一瞬意識してしまったのだろう。

エルゼの言葉で意識していたとはいえ、この効果は絶大だった。

さっきまで動きのなかったアモナの膣が、キュンッ、と絞め上がったのだ。

「我が……ま、マゾヒスト、なわけが……」

後一押しだ。俺は直感した。後一押しでアモナは自分がマゾであることを自覚し、堕落すると。

「そうですか？　じゃあ――」

俺は咄嗟にアモナのおっぱいをぎゅっと掴んだ。

「はひっ!?」

途端、アモナの心拍数が跳ね上がり、ずるりと子宮が降りてくる。

「どうしておっぱいを掴まれただけで、こんなことになってるんですかね？」

そして、言い逃れの出来ない状況に追い込まれたアモナは、それ以上言葉を続けることが出来なかった。

「あ……ああ……」

「分かりました。そんなに自分がマゾじゃないっていうなら、俺はもう動きません。それに、アモナが望むなら、セックスも止めます。正直、こんな状況でやるの、俺はそんなに望んでいませんしね……」

そう言いながら腰振りを止めて、俺はたっぷり擦られたことで充血し、敏感になったアモナのまんこから、ペニスを引き抜く動作に入る。それを――。

「ま、待て！」

とアモナが咄嗟に、上半身を跳ね起こして俺の腰を掴んだ。そして、数瞬後、自分の取った行動が信じられないといった表情を浮かび上がらせる。

「え？　待つんですか？　抜くのを？　いいですよ、アモナがそんなに言うなら、待ってあげますけど」

「あ……いや……ち、ちが……我は……我は……ただ……」

それでもなお否定しようとするアモナに、俺は囁きかける。

「いいじゃないですか、認めちゃいましょうよ。自分がマゾだって。それが一番楽ですよ。アモナはマゾですか？　ほら、この質問に頷くだけでいいんですよ？　簡単でしょ？」

「あ……ああ……うっ……」

「このままでいいんですか？　おまんこおあずけされて、辛いんじゃないですか？　返事をしたら、滅茶苦茶におまんこ突いてあげますよ」

「ごくっ……あっ……わ、我は……うぐっ……は……はぁ……はっ……」

アモナのなかで、どれほどの葛藤が行われているのだろう。鼻息を荒くし、アモナは目を回しはじめる。

「は……は、い……。我は……わ、我は……」

そして、待ちに待ったその瞬間が、ついに訪れた。

「我は……初めてを強引に奪われて喜ぶ……生粋の……へ、変態です。も、もっと……お、おまんこを虐めて……くれ」

言質を取った俺は、にやりと笑って、アモナのまんこからペニスを抜き取った。

第十一話 懇願

「なっ……何故、抜く！　お主の言うとおり、言ったではないか！」

俺がペニスを引き抜いたことが予想外だったのか、アモナは混乱のあまり声を荒げた。

「まあまあ、ちょっと待ってください。今、もっと気持ち良くなれる場所に入れ替えますから……。よっ」

俺は様々な体液で濡れ、俺のペニスで広がったまんこのすぐ下へペニスをスライドさせる。

「あ……ま、そっちは……、ち、違う穴だ……！」

「え？　そんなことありませんよ。俺も尻穴を責められたことありますけど、すっごく気持ち良くなれましたから。ほら、力抜いてないと穴が裂けちゃいますよ」

びたっと閉じられた穴を押し広げながら、俺のペニスはアモナの尻穴に埋まっていく。思っていたよりもスムーズに入るのは、さっきまでの行為で漏れ出た愛液が流れ、尻穴を濡らし続けていたおかげだろう。

「ひっ……くっ……おっ……きつ……すぎ……うぅ……。　そ、それに……お、お腹……圧迫されて……こ、怖い……」

排出器官にモノが入る違和感に耐えられないのか、アモナはガタガタと震えだした。

俺はアモナの頭を撫でつけながら、腰で大きく円を描くように回した。こうすれば、少しは肛門括約筋がほぐれるはずだ。

「ふっ……はぁ……そ、その腰の動きは……なん……ぐぅ!?」

ただ尻穴にペニスを突っ込まれただけで動揺しているアモナには、この動きは刺激が強すぎたようだった。アモナはへそを突き出すようにブリッジの姿勢になる。

「そんなに身体浮かせて、気持ちいいアピールでもしてるの？」

「ち、違っ……！　か、身体が勝手に……持ち上がってしまうだけだ！」

アリーナ様のヤジに応える声にも、必死さが窺える。

「さっきも言ったじゃないですか、気持ち良いのを受け入れてください……って。ほらこんなに強張ってちゃダメですって」

俺はアモナのお腹を、ゆっくりとさする。

「おふっ……おあっ……!!　そ、それ……ダメ……だ……ハァンッ！」

ちょうど子宮の上の辺りを撫でながら、俺はやさしくぽんぽんと軽くお腹を叩いた。

「はぁ……はぁ……」

「そうそう、ゆっくり肩の力を抜いて……徐々に全身を楽にさせてってください。良いですよ」

俺の指示に従ってアモナは身体の力を抜いていく。そうすることで、更に俺のペニスが、直腸に埋まる。

「良く出来ましたね。ほら、見えますか？　俺の極太ペニスが全部入っちゃいましたよ？」

「あ……はは、ははは……入ってる……本当に、我のお尻の中に……オークのが、全部……」

「尻穴の皺が全部伸びきって、くぱくぱ必死に動いてるのが見えますよ。俺のペニスを食べられて、よほど嬉しいみたいです」

俺は直腸側から子宮をノックして、感想を言うように催促する。

「は……はい……お尻の処女をうば、奪われて……犯されて……と、とっても嬉しいです……」

俺やアリーナ様たちが喜びそうな言葉を選んで、アモナは感想を伝える。

「よく言えました。それじゃあご褒美に、動いてあげますね」

「そ……!!　おぐぅ!!」

グネグネと曲がりくねる直腸を、俺のペニスは強引に突き進む。出口から入ってきた異物を必死に排出しようとする内臓の動きによって、俺のペニスが出口へ向かって押し返される。それに負けないように、俺は必死に全身を使ってペニスを突き入れていく。

「あぐうう!!　そんな……いきなり激しく動かれた……らはっ!?」

アモナはそんな、獣のようなアナルセックスに声を詰まらせた。

「あっ……かふっ、あふっ!!　あ……あぅ……おぅ!　うあ、ひんっ……!」

しかし、どうやらそれが功を奏したようだった。アモナは激しく直腸を擦られるたびに、気持ちよさそうに嬌声を上げはじめたのだ。

俺は何も言わず、腰を振り続けていく。

「おふっ……ふぅうう!!　こ、これぇ……なんでこんな……こ、気持ち良いのだ……」

「元々コッチの才能があったってことですね。俺と一緒ですね」

「お……お主と……一緒……はんっ……そ、そうなのか。はは……なら、教えてくれ。どうすれば、もっと気持ち良くなれるんだ？　さっきから、おヘソの奥が変なのだ……もっと気持ちよくなりた

くて、仕方がないのだ!!」

どうやら、アモナは完全に堕落したようだった、もはや自分の意志をコントロールすることが出来ず、ただ快楽を求める雌犬に成り下がっていた。

「そんなの簡単ですよ。自分から動いて見てください。自分が気持ち良くなれる場所を探して、下品にお尻を振れば、いいんです。出来ますか?」

「わ……分かった。やる……もっと気持ち良くなりたい……こ、こうか?」

アモナは俺の言うとおりに腰を動かしはじめた。

「んっ……ふっ……お、おおっ!! す、あぁ!! 凄い! こんな……のぉ、すぐ、また、すぐ凄いのキてしまう!!」

最初はぎこちなく動き始めたアモナだったが、すぐにコツを掴んだようだ。自分がもっとも気持ち良くなる場所を見つけ出すと、重点的にその場所に俺のペニスが当たるよう調整しはじめた。

「んっ、ンンン、はぁ……!! こ、ここがしゅごい……!! もっと……もっと激しくしてくれ! お主も、もっと動いて……! き、気持ち良いのが止まらなくなるまで! おね、お願いだ!」

「ええ、いいですよ。でも、もうちょっと頼み方っていうのがあると思うんですよね。そうじゃないと、俺も動くに動けませんよ」

「!? お、お願いします! お尻……めちゃくちゃに突いてください!」

「お尻じゃなくて、アナル、です。ほら、もう一度」

「おっ……あ、あ……」

普段なら絶対に言わないであろう隠語に、アモナは抵抗を感じているのか、言い淀む。

「じゃあ特別に、一突きだけしてあげますよ。これ以降は、ちゃんとアナルって言えたら、やってあげます」

と言って、俺はアモナの尻の奥深くへ、ペニスを突き出した。

「オフゥッ!! おあっ……ああ……お、お願い……しましゅぅ……わ、我のア、アナルを……そ、そのペニスでっ、えぇ……気持ち良くして、ください……!!」

「よく言えましたね」

ご褒美として、俺はアモナの要求どおり、ピストンを開始する。

「オグゥッ!! オッハァ!! しゅご……!! どんどん、気持ち良いのが止まらないッ……!! オフッ、オホッ!! おし、アナル! アナルじゅぽじゅぽされてるだけなのに、お……おまんこが、おまんこ気持ち良い! きゅんきゅんするのが止まらなくてぇ……!! オアアアアア、アアあっ!! イグッ! イッデるゥ!! 気持ち良いの、際限なく襲ってキテるううう!!」

俺が突き出すとすぐに、アモナは絶頂を迎えた。それも一度や二度ではない。間断なく、ずっとイキ続けている。

「くっ……!」

絶頂する毎にアモナのアナルはぎゅうぎゅうと絞まり、俺のペニスを締めつける。アモナのまんこからずっと射精を我慢していた俺も、ここらで我慢の限界だった。

「お、俺も……射精……ます……。アモナのきゅうきゅう締めつけてくるアナルに絞られて、精液……ぶちまけます!! ウアアアアアッ!!」

ペニスを引きちぎるつもりか、というくらいキツく締めつけてきたアナルに誘われて、俺は大量の精液を、アモナの直腸へと吐き出した。

「ンひぃ！　直腸ザーメンでまたイ、イクゥ‼」

アモナは俺の精液を受けて、さらに身体を痙攣させた。

ひとしきり痙攣が終わると、力なく笑い声を上げながら、アモナは床へと転がった。

「あへ……アへへ……エへェ……」

「はぁ……はあ、はあ……」

ズボンッ！　と下品な音を立てながら、アモナの尻穴からくったりと芯のなくなったペニスが抜ける。

「良かったわよ、ナオーク」

ひととおりの行為を見届けたアリーナ様が、俺とアモナへと近付いてくる。

「それで、アモナ？　あんた、あたしたちに言うこと、あるわよね？」

「あ……ひゃ、ひゃい……」

アリーナ様の威圧的な言葉に、アモナは慌てて飛び起きる。

「ウァ……アッ……こ、こんにゃ……気持ちのイイこと……ン、教えてくださって……ンホッ、あ、ありがとうございま……しゅ……」

そして、アナルから大量の精液を垂れ流しながら、アモナは姿勢を正し、礼儀正しく土下座の姿勢を取った。

「こ、これからも……我を……い、いえこの卑しい雌豚を……可愛がってください……」

自ら懇願して深々と頭を垂れるアモナは、確かに雌豚と呼ぶに相応しかった。

第十二話　ピースフルワールド

――あれから、数ヶ月後。

「これはこっちでいいですかね？」

「申し訳ありませんナオーク様……こんなお手を煩わせるようなことを頼んでしまって……」

と、申し訳なさそうに胸の前で指を組んだカティアさんに、俺は快活に応えた。

「何言ってるんですか、俺とカティアさんの仲じゃないですか。困ったときはいつでも頼ってください よ」

今日は多忙のカティアさんに頼まれて、彼女が信仰する宗教を普及させる手伝いに街まで足を運んでいた。

戦争が終わり、魔族もエルフも……他の種族も含めて、様々な者たちによる交流が増えたことで、カティアさんの信仰する宗教が一躍注目の的となったのだ。

その影響で大忙しとなったカティアさんに頼まれて、俺は数日に一度は、手伝いをしに来ているというわけだ。

「本当にありがとうございます。そうだ、ナオーク様は今晩までこちらにおられますか？　もしよろしければご一緒にお食事などはいかがですか？　ナオーク様のために、腕によりを掛けて作らせていただきますよ」

カティアさんの手料理……。想像しただけで唾が口の中に溢れるが、残念ながら今日は用事がある。アリーナ様から直々に、夜は空けておくようにと何度も何度も言われているのだ。

「すみませんカティアさん、ちょっと今日は……。今から急いで城下町まで行かなきゃいけないんですよ」

「あら、それは大変ですね……。今から出て、間に合いそうでしょうか」

「それはバッチリ、大丈夫です。ここからなら、エルフの里よりも近いですからね」

「良かった、それなら安心ですね……あら？」

俺の背後に視線を向けたたカティアさんが、何かに気が付いて小さく首を傾げた。

「どうかしましたか？」

と振り向くと、そこには大荷物を持ってヨロヨロと歩くレーニさんの姿があった。

俺は慌てて駆け寄って、その荷物をすべて持ってあげる。

「あら、ごめんなさいねナオークくん……重くないかしら……」

俺がいきなり横から荷物を持ったせいか、レーニさんは申し訳なさそうにしている。

「レーニ様、こんにちわ」

「あらカティアさん、今日もお忙しそうだけど……大丈夫なの？」

きちんと挨拶をしてから、レーニさんは最近多忙のカティアさんの体調を気遣った。

「ええ、なんとか。体力仕事はナオーク様がしてくれますから、随分助かっているんです」

「そう？　でも、あまり無理しないでね……」

と、レーニさんはカティアさんの体調を本気で心配しているようだった。まあそれも無理はない働き方をしているのだが……。

「もしカティアさんが倒れそうになったら、俺が無理矢理止めますから、安心してください」

「あら、ふふふ。ナオーク君がそう言うなら安心ね」

「そうですね、ナオーク様に心配してもらえているなら、安心してお仕事に励めそうです」

三人で笑い合ったところで、俺はレーニさんに、手に持った大量の荷物をどうするのか質問した。

「ところでこの荷物、持ってくの大変ですよね。もし良かったら家まで運んでいきますよ」

「あら、ごめんなさいね、ナオークくん、そんなつもりじゃなかったのよ……？」

「分かってますって。これくらいついでですから、気にしないでください」

「それじゃあ、甘えちゃおうかしら……。」

「任せてください。……それじゃあカティアさん、また！　何かあったらすぐ連絡してくださいね！」

俺とレーニさんは、教会の入り口で手を振るカティアさんに挨拶をして、レーニさんの家へと向かった。

「それにしても、結構買いましたね」

俺でも腕にずっしりと重みを感じるほどだ。レーニさんでは持つだけで大仕事のはずだ。

「ええ、安いものを中心に、色々買い込んじゃったの。やっぱり、重たかったわよね……」

「そんなことないですよ。まだもうひと袋くらいなら余裕で持てますから、ほんと、そんなに気にしないでください」

ここは多少見栄を張っても、男を魅せる場面だろうと、胸を張る。レーニさんは俺の期待どおり、まあ、と驚いて目を輝かせた。

「やっぱり凄いわね……。出来るならナオーク君がこの街に住んでくれたらいいのに」

「俺も、出来るならいくらでもレーニさんの手伝いをしたいんですけど……」

「ふふ、分かってるわ。ちょっと意地悪したくなっちゃっただけよ」

そんな感じで、冗談交じりの会話をしていると、あっという間にレーニさんの家に辿り着いてしまった。

「それじゃあ、俺はこれで」

「ええ、荷物運んでくれてありがとう。また機会があったらいつでも遊びに来て。待ってるから」

「はい、また来ます！　それじゃあ！」

俺はレーニさんに手を振ると、城下町へ向けて走り出した。

※　※　※

走り続けて数時間。なんとか日が沈む前までに城下町へと到着することが出来た。

「はぁ……は〜……疲れた……さすがに最初から最後まで走るのは止めとくんだった……」

まだ時間に余裕があるな、と思ったのが間違いだった。城下町へと着くには着いたが、足はガクガクだし、汗はびっしょりと流れ出てくるしで、このままアリーナ様に会いに行ったら、怒られてしまう。

(近くに温泉でもあればいいのに……)

だが、そんな都合のいいものが近くにあるはずもない。仕方なくベンチに腰掛けて、足の回復と汗が止まるのを大人しく待つことにした。

(時間に余裕があって良かったぁ……)

とひと心地着いているところに、見覚えのある人物が通りがかった。

「あれ、クレールじゃないですか。こんなところで何してるんですか？」

「あん？　ああ、ナオークか」

いつもどおりの軽装で、城下町の道路を歩いていたクレールは、俺に気が付くと足を止めてくれた。

「何って、別に今日は警備の仕事も休みだからな。適当にぶらついていただけだよ。そういうナオークはこんなところで、そんな汗だくになって何してんだ？」

「いや、ちょっと外れにある街からここまでひとっ走りしてきたので、アリーナ様たちに会う前に一休みしてるんです」

「相変わらず馬鹿やってるな……」

ものすごく呆れられたことを自覚しながら、俺は苦笑いで応えた。

「あらあら、ナオークくんじゃない、私以外の女の子と何してるのかしら？」

そこに現れたのは、ほとんど裸の格好をしたフェリシーだ。今日はなんだか良く顔見知りと会う日だな、と思いながら、手を上げる。

「なんだよナオーク、こんな痴女の知り合いがいたのかよ……」

と、クレールにはさらに呆れられたが、痴女具合ではクレールも負けず劣らずだと思ったので、スルーする。

「こんな人の多いところにフェリシーがいるなんて珍しいですね」

俺と会うときはともかく、いつもは姿を隠してじっとしているのがほとんどなのに。

「ええ、今日はちょっと新しい獲物を探してたの。でも、あんまり良い子がいなくてねぇ……。でも、ここでナオークくんと会えて良かったわ、うふふ」

フェリシーは意味深に笑いながら、クレールに視線を固定していた。

さすがお目が高い。性欲の強いクレールなら、フェリシーを満足させることも出来るだろう。

「……？　お、おいナオーク、なんだよコイツ、オレのことみて笑ってやがるぞ……なんか怖えんだけど……」

野生の勘か、フェリシーの鋭い視線に危なさを感じたのか、クレールは咄嗟に俺の背後へと回った。

「うふふ、そんなに警戒しないでもいいわよ？　ねえ、ナオークくんからも言ってあげてくれないかしら。そうだ、今から皆で一緒にお茶でもどお？」

しれっとお茶に誘うあたり、腐ってもサキュバスだ。それだけに留まらず、フェリシーは俺の背後に隠れるクレールにずいっと近づき、エロい視線を送っている。

「お……おぉ、そうだな。おい、ナオークお前もちょっと付き合えよ。ちょっとは時間あるんだろ？」

ふたりきりになるのが危険だと判断したのか、クレールは俺の腕を掴んだ。

「あ、あーごめん、そろそろ時間みたいだから、行かなくちゃ。俺はまた今度にするよ」

「ちょっ!?」

嘘だろ、というクレールの手を振り切って、俺は城へと走った。

クレールには後日謝ろう。そのときにどうなっているかは分からないが……。

とはいえ、時間が押しているのも事実だ。アリーナ様のことだから、約束の時間がまだだとしても、怒りはじめていてもおかしくはない。

嫌な予感を覚えながら、俺は顔パスで城へと入り、アリーナ様の部屋へと急ぐ。

長い直進の廊下をつっきり、突き当たりに威風堂々と構えられた扉を開けると、そこに三人の人影が見えた。

「遅いわよ、ナオーク！　約束を忘れたんじゃないかって、心配してたんだからね」

俺が部屋の扉を開けると、腕を組んで仁王立ちするアリーナ様と、

「私もアリーナも、書類仕事に忙殺されていたからな……。この機会を逃したら、またいつ息抜きできるか分かったものではない」

ゆったりと椅子に腰掛けるエルゼ。

「は……早く……もう、我のおまんこはぐずぐずに濡れて、我慢の限界だ……」

それに、鎖に繋がれた姿がすっかり馴染んだアモナが待っていた。

「すみません、ちょっと話し込んでたら少し時間が過ぎちゃいました」

アリーナ様に近付いて、その身体をぎゅっと抱きしめた。甘い香りと共に、温かな体温が俺の腕に収まった。

「ふん、そんな程度じゃあたしの機嫌は直らないわよ。ほら、さっさとベッドに移動するわよ。今日は朝まで付き合って貰うんだからね」

アリーナ様の命令に、俺は元気よく「はい！」と返した。

書き下ろし１
デートのお預け？

「後ろにもいるぞ！」

見晴らしの良い草原のど真ん中で、クレールが叫んだ。

「くっ……！」

俺はその言葉が耳に入るか入らないかというタイミングで振り返り、飛び跳ねながら突撃してくるゴブリンを殴り飛ばした。肉と共に、ゴブリンは断末魔の叫びをあげて空中を力なく舞った。

「油断するなよ！　思ったより数が多い！」

「はい！」

その草原には、暴走する魔物を除いて俺とクレールしかいなかった。たったふたりでの、討伐作戦だ。

……とは言ったものの、百に近い数の影が、四方八方を取り囲んでいる。

暴走したゴブリンの群れだ。これを、俺とクレールのふたりだけで捌きされるだろうか……、正直不安だ。

(アリーナ様ならこのくらいの数を相手しても、小一時間かからないはず……)

俺がひとりでやったとしたら、丸一日かかっても無理だろう。本当に、クレールがいてくれて良かった。

いったいどうしてこんなことになったのか。

事の次第は一日前に遡る。

その事件は、前々から計画していたデートの当日に起きた。

待ち合わせの時間になっても一向に姿を現さないアリーナ様を心配して、城まで迎えにきた俺は、私室で倒れている彼女を発見したのだ。

慌てて駆け寄って肩を貸すと、アリーナ様の身体は火がついたような高熱となっていた。

「ちょ、凄い熱じゃないですか！　とりあえずベッドに……」

どうやら日頃の疲れが出てしまったようで、風邪を引いてしまったらしい。相当の高熱にやられているのか、アリーナ様の顔は真っ赤になっている。それに、苦しそうに目を細め、荒い息遣いが止まっていない。

「これじゃあ、今日のデートはお預けですね……」

残念だが、とてもどこかに行けるような状態ではない。デートはまた今度ってことにして、今日はゆっくりと療養だ……と頭を左右に振ったときだった。

「な……なおーく……ぼさっとしてないで、すぐにしたくしなさい……！」

アリーナ様は俺の手をがっつりと掴み、杖代わりにして立ち上がった。

「あたしはこれくらい平気よ……」

そうは言うが、視線も定まっていないような状態で遊びに出かけて、どうするというのか。

「でも、そんなことしたら出先で倒れちゃいますよ？」

「あんた……あたしがどれだけこの日を楽しみにしてたと思ってるのよ……」

俺との予定があんまり合わないアリーナ様は、それはもうとっても喜んだ。あんなにはしゃいだアリーナ様も珍しい。

「大丈夫よ……ちょっと昨日、楽しみで寝れなかったから、お風呂に入ったあと夜風に当たってただけなんだから……これくらい……」

「良いから寝ててください……」

気持ちは分かるが、完全に自業自得だった。

「うっ……」

小さく呻きながら、アリーナ様は支えとして使っていた俺の手も放してしまう。こんなに満身創痍なアリーナ様を見るのは、一方的にアモナにやられて自信をなくしていたとき以来だ。

俺はアリーナ様をもう一度ベッドへと戻し、頭に濡れたタオルを置く。

それでようやく気が抜けたのか、アリーナ様は小さな寝息を立て始めた。

これでしばらくは安心だ――とほっと一息吐くと、突然扉がノックされ、近衛兵が入って来た。

「失礼します！」

と大声を出す近衛兵に、俺は慌てて静かにするようジェスチャーを送る。

近衛兵はベッドで眠るアリーナに気が付いてくれたようで、慌てて頭を下げた。

「それで、どうかしたんですか？」

俺はそんな近衛兵に近付き、小声で何の用なのかをたずねた。

「はい、実は、先ほどエルゼ様から緊急のご連絡で……」

話をまとめると、南の草原に大量の魔物が集まって、大暴れしているから、ちゃちゃっと鎮圧してきて欲しい、というものだった。

「そうは言っても……」

と俺と近衛兵はふたりして寝ているアリーナ様に視線を合わせる。

「この状態ではさすがに無理……ですよね」

ははは、と近衛兵は笑う。

「エルゼが……」

行くことは出来ないか、と聞いて欲しいと言いかけて、言葉が止まる。そもそもアリーナ様と対等に渡り合えるエルゼが、わざわざ頼んでくるということは、暗に今手が離せないから代わりに行って欲しい、という意味が含まれているのは明白だった。そうなると、エルフの城にいるアモナも含めて無理な状況なのだろう。

「仕方ない……俺が行きます」

とはいえ、大量の魔物、というのが引っかかる。俺ひとりで行って万が一対処できないような大群だった場合、きっとエルゼに怒られるだろう。

どうしたものか……。腕を組んで頭を捻ること、一秒。

「そうだ！　クレールについてきてもらおう！」

俺はすぐに答えを導き出した。

そして一時間後、俺は何故かフェリシーを腕に巻き付けたクレールに、事情を説明していた。

「なるほど？　それでオレに助けを求めたってわけだ。いいじゃん？　町を守ってるだけってのに、正直退屈してたところだしな」

「助かります！」

そんなわけで俺は、クレールとふたりで魔物の討伐を行うことになったのだった。

そして、今に至る……と。

苦戦はしているが、ゴブリンの数は徐々に減ってきている。俺もゴブリンとの戦闘に慣れてきたのか、一匹あたりを倒す時間が大幅に減ってきていた。

「この調子なら、日が沈む前までに終わりそうですね！」

「油断すんじゃねえぞ！　雑魚っつってもこんだけ数がいりゃ強敵だ！　こいつらを全滅させなきゃ、今日の仕事は成功じゃねえんだぞ!?」

「分かってますって！」

クレールが倒したゴブリンの数には足りないものの、俺もこの数時間でかなりの数、ゴブリンを倒しているのだ。

それくらい、言われなくても承知していた。

「ふっ！」

草陰に隠れるゴブリンを、すくい上げるようなアッパーで殴り飛ばす。痛みに怖じ気づいたゴブリンを、容赦なく追撃し、倒していく。

「そっちにも！」

また、草陰に隠れていたゴブリンを見つけ出し、俺はすぐにその後を追い、殴り飛ばしていく。

その様はまさに畑で作物を収穫する農夫のごとくだ。そして、そんな農夫の目に、次の獲物が映り込む。二匹のゴブリンが、寄り添うようにして身を縮めていたのだ。

俺はすかさず距離を詰め、ゴブリンに襲いかかる。

「……ゴッ!?」

その瞬間、猛烈な衝撃が、全身を震わせた。

気が付けば俺は、数メートルも吹き飛び、草の間に身体を埋もれさせていた。

「ナオーク!?　ったく、油断するなっつっただろうが！」

俺の醜態を見ていたらしいクレールから怒号が飛んだ。その言葉をバネにして立ち上がり、すぐに臨戦態勢を取った。

「な……!?」

そして、目の前にいる魔物を見て、驚愕した。

そこには、俺の身長の軽く倍はある巨体を持つ、ジャイアントオークが聳えるように立っていたのだ。ハッとして、さっきまでいたふたり組のゴブリンに目をやると、悪戯に成功した子供のように笑い転げていた。

「ナオーク！　逃げろ！」

俺はその声に反応して、咄嗟に後ろへ飛んだ。

その直後、コンマ数秒前に俺がいた場所が、爆発した。いや、正確に言えば、ジャイアントオークの拳が地面を叩き、衝撃で砂が吹き飛んだのだ。

危なかった……。でも、ここからだ。俺はジャイアントオークに一矢報いるために、一定の距離をあけて対峙する。

（こいつを倒せば、大手柄だ……！　よく見て初動を見極められればいける！）

そのとき、ジャイアントオークの腕の筋肉が、ぴくりと動いた。

（今だ！）

絶対の自信を持って、俺はジャイアントオークへと突っ込んだ。

※　※　※

「うっ……」

気が付けば、俺は夜空を見上げていた。

「やっと起きたかよ……」

痛みを堪えながら上半身を起こすと、全身にかすり傷をつけたクレールが、不機嫌そうな視線を俺に向けていた。

「お前あれほど油断すんなっつっただろうが……」

その声は、いつもよりトーンが低い。俺は、その反応で自分がやらかしたことに気づかされた。ジャイアントオークの動き出しに合わせて飛び込んだ俺に、アイツはカウンターを喰らわせたのだろう。

「俺がアイツを倒せれば……」

悔しさのあまり、俺はぼそりと呟いた。

「アァ!?」

するといきなり、クレールが怒りだしてしまった。うなだれる俺にどんどんと近付いてくると、胸ぐらをつかみ、持ち上げる。

「うっ……い、痛いですよ」

「痛いですよ、じゃねえ！　適当な判断で飛び出して行って、返り討ちにあったら俺が倒せれば、だぁ!?　そんな考えじゃここまで弱くて当然だな！　お前本当にチンコついてんのかよ！」

「うわっ!?」

クレールは俺を突き飛ばす。俺はたたらを踏みながら後退《あとずさ》るが、結局はバランスを保ちきれず勢いよく尻餅をついてしまった。

「いらつくわ……」

ずむりと、俺の股間にクレールの足が食い込んだ。

「あぐっ！」

「そんなことも分からねえ玉ナシだったなんてな、なあ？　……あん？　おかしいな、チンコついてねぇはずのクソオークの股間が、なんでこんなに膨らんでんだよ」

その辺に落ちている、不愉快を催すゴミを見るような視線を、クレールは俺に送ってきた。

「あっ……」

ぞくりと、つま先から頭の先へ鳥肌が立つ感覚が流れていく。

「おいお前、なにチンコ踏まれて興奮してんだよ？　お前、今の自分の立場分かってんのか？」

汚物を見るような視線が突き刺さる。これ以上は完璧に怒らせる……。そう、分かっていても生理現象だ。自由自在に止めることなど出来るはずがない。

「いい度胸じゃねえか……。そうじゃなきゃ、男じゃねえよなぁ……？　気が変わったわ。お前が満足するまでこの薄汚ぇチンコを弄んでやるよ!!」

勃起したペニスに、クレールの泥で汚れた革靴がグイッと押し込まれる。

「あっ、はぁ……!!」

汚い靴で踏まれる背徳感が、悦楽の餌となって苦痛を快楽へと変換していく。

早々にカウパーが零れ、クレールの革靴に付着する。

「チッ……ふざけんなよ。大切な靴が汚れたじゃねえか！」

心底嫌そうに表情を歪めると、クレールは靴を脱ぎ捨てて、素足で俺のペニスに蹴りを入れる。

足裏の筋張った肉が、弾力のあるペニスを俺の腹へと押しつけてくる。

自分の肉とクレールの素足に挟まれたペニスは、喜びで力強くビクビクと痙攣した。

「はっ！　チンコを足で踏まれて喜ぶなんて、とんだド変態だな？」

クレールは素足になって開放された足の指を亀頭に添える。

足でペニスを弄るのがまだ不慣れなのか、何度かペニスを弾かれる。だが、それがまた乱暴に扱われているようで、高まりを抑えられない。

「チッ……くそっ！」

クレールは言うことを聞かないペニスに苛立ちを隠しきれない。必死になって足裏で俺のペニスをグリグリと弄ぶ。大小の指が、ぎこちなく動き回り、亀頭を不規則にマッサージしてくる。

「ほあっ……おほぉ……」

「汚ぇ声出しやがって……。こんなんじゃあどんなにやっても反省しねぇな……」

俺が喘ぎ声を上げているのが気に入らないのか、クレールは眉間に皺を寄せて苛立つ。

クレールは器用に足の指を広げると、カリ首に引っ掛かるように挟み込む。絶妙な力加減でホールドされた竿は、自由に痙攣することもできなくなってしまった。

だが、これはこれで良い。焦らされるよりは、こうやって直接感じられる折檻のほうが、俺は嬉しかった。

「ナオーク、この後どうしてほしい？　オレの足の指に捕まったチンコをどうしてほしいんだよ」

「も……もっと……さい」

「あぁ？　もっとでかい声で言えよ！　聴こえねぇだろうが！」

鬱血してしまうのではないか、というほどの力が、クレールの足の指にかかる。

「あぐううう!?　あああああ!!　もっと俺のペニスを虐めてくださいぃ!!」

「初めからそうしてりゃいいんだよ。それじゃあ、てめぇの望み叶えてやるよ……」

クレールは俺のペニスからパッと足を放すと、親指の腹をウラ筋へと押し当ててきた。

「あ……あっ、あっ……」

ぐっと、力が入り、ギンギンに屹立するペニスを俺の腹へと押しつけてくる。

そのまま、足の指でペニスが押し潰されてしまうかと思われたそのときだ。クレールは力を入れていた足を、少し浮かせてきた。

それによって、跳ね返るように元の位置へと復帰したペニスに、こつりと固い感触が当たる。

「つ……爪？」

それが足の爪だと気がつけたのは偶然だ。だが、それによって起こるだろう出来事に、身を竦める。つつつーっと、這わせるように、クレールの足爪が、ウラ筋をなぞる。

「あえ……、はっ……、ひっん……!!」

しかし、予想していたような衝撃は起こらなかった。代わりに、くすぐるような繊細な足遣いで、焦らされるような快感は届き続けている。いつまで経っても絶頂出来ないような、もどかしい気持ちよさだけが……。

「忘れてんじゃねえだろうな？　お前は今オレに絞られる立場にいるってことをよ。どうだ？　辛いだろ？　お前は望んでねぇもんな？　本当はもっと激しくシゴいて欲しかったんだろ？」

クレールは、完全に俺を手玉に取っていた。爪先で表面をなぞられる、ただそれだけの行為で、俺の精神と肉体の二つを完全に掌握していた。

「あ……あああああ……!!」

「ただ爪でチンコなぞられてるだけで興奮ちまうなんて、本当にお前はマゾ豚の鏡だな」

「そ……そんなこと……なっひん！」

否定の声を出すと、それをたしなめるように、指が動く。絶妙な力加減に、身体の力が抜けていく。

「辛そうだな？　そんなにチンコ気持ち良くなりたいか？」

「は……はいぃ……もっと、しっかりとした刺激で気持ち良くなりたいです……!!」

「例えば……こんな風にか？」

クレールは足裏で亀頭を踏みつけ、ぐりぐりとこねくり回してくる。

ちょっと乾燥気味の足裏がにじみ出していたカウパーで塗れ、痺れるような摩擦が俺を快楽の向こう側へと連れて行こうとする。

「はぁっ……!!　ひっ……そ、そうです……!!　それです!!」

「そうか。じゃあもっと心を込めて、お願いしろよ。そんな態勢だからよ、土下座しろとまでは言わねえからよ。じゃねえと……」

すっと、押しつけられていた足の力が、軽くなった。

「は、はいぃ!! クレールの足で、俺のペニスを嬲ってくださぃ!! お願いします!!」

俺は必死になって懇願した。その醜態をじっくり、間近で観察したクレールは、にやりと笑うと、再び足に体重が乗り、ぐいぐいと押しつけてきた。

勃起したペニスの抵抗を無視して、腹へと押しつけ、過激な刺激を与えてくる。

「んひぃ!! 足でペニス踏まれて!! 最高に気持ち良いですぅ!! ありがとうございます!!」

「おい豚ぁ! なに言葉喋ってんだよ! 豚なら豚らしく鳴き声で感謝の気持ちを伝えろよ!」

「ぶ……ブヒィイイ!! ブヒィイイ!!」

「ハハハ! 最高に無様だなぁ! オラァ!」

クレールは激しく足を上下し始めた。ぎこちなさはもうない。容赦のない激しい足責めが、裏筋をこすり、足裏と自分の腹に挟まれてぎゅうぎゅうに圧迫された俺のペニスは、我慢の限界を迎える。

「ブヒイイイイイイッ!!」

大きく脈動したペニスは白濁液を噴出させた。大量に吐き出される精液に、クレールの足が滑り、俺のペニスは開放される。

跳ね上がる勢いで、周囲に精液をまき散らしながら、俺はあまりの気持ち良さに気を失った。

※　※　※

気持ち良すぎたのか、射精した瞬間に気絶したナオークを見下ろしながら、クレールは「ふんっ！」

と思い切り鼻息を吐き出した。そして、顔面に浴びせかけられた精液をぬぐうと、ぺろりと舐めとる。

竿を蹴られたナオークは、クレールの足が竿に当たった瞬間に、絶頂していた。

その精液はかなり濃く、まるでトリモチのような粘度を誇っている。

クレールは、顔に掛かった精子を少しずつすくい取り舐めていく。

「あむっ……ちゅぱっ、くちゅっ、くちゅっ……すげぇ濃いな。どんだけ興奮したんだよ、こいつ」

自分の責めでこれほど濃い精液を吐き出させたことに、クレールはちょっとした嬉しさを感じた。

「ふっ、ふふ……」

知らず知らずのうちに、表情が緩み、クレールらしからぬ 笑みが浮かんでいた。

「……！　チッ……」

頬が緩んでいたことに気が付いたクレールは、腑に落ちない様子で舌打ちをすると、腹いせに軽く、未だに勃起を続けているナオークのペニスを叩き、その場を立ち去った。

（まあ、救援呼んでくる間だけなら大丈夫だろ。と、その前に川でも見付けて水浴びしてかねぇとな……髪にもついちまってるしよ……）

後には、下半身を丸出しにして気絶するナオークだけが残った。

書き下ろし２ 棘がなくなる？

平和な城下町。その大通りの一角に、ふたりの女性が話をしている。

ひとりは軽装で引き締まった身体をしているクレール。そしてもうひとりは、公共の場ではきわどすぎるほど肌を露出した、クレールとは違った意味で軽装のフェリシーだ。

「つきまとうなって言ってんだろ！」

「そんなこと言わずに、ちょっと私とエッチなことしましょうよ」

「しねえよ！　それにオレは仕事中なんだよ！　お前が側にいるだけで、隊長に怒られるから話しかけてくんな！」

現在クレールは、城下町の警備をしている最中だ。一定のルートを巡回し、何かトラブルがあれば解決する。様々な種族が一緒になって暮らすようになり、増えたトラブルを解消する、町の平和を守るための重要な仕事だ。

だが、フェリシーは話に耳を貸さず、スッとクレールのお尻へと手を伸ばした。フェリシーの指は、もにゅりとクレールのお尻の肉に食い込み、ほぐすように揉み込んでいく。

「迷惑だ止めろっ！　あ～、もう……なんでこんな奴に目をつけられちまったんだ……」

尻を掴む手を払いのけながら、クレールは頭を抱えた。

思い起こせば、フェリシーとの出会いはちょうどこの場所で、ナオークと話し込んでいるときだった。

あのときここを通らなければ、クレールはフェリシーと出会うことはなかったのだが、それを考えても意味がないことに、彼女はここ数日で気が付いていた。

「うふふ、そういう反応見てるとつい、いじめたくなっちゃうわ」

人目もはばからず、よからぬ考えを巡らせて全身を震えさせるフェリシー。それを見て、クレールはあきれながらため息を吐いた。

そして、「弱気になったクレールちゃんを押し倒して、ヘロヘロになるまで濃厚なキスしたあと～」などと、ブツブツと不穏な思考を垂れ流すフェリシーを置き去りにして、クレールは町の見回りへと戻っていった。

「はぁ……疲れた……」

まだ一日の半分も経っていないというのに、クレールは早くも仕事を切り上げて自宅のベッドに倒れ込みたい気分に襲われていた。

（くそ、隊長があんなに厳しくなけりゃな……）

少しでも気を緩めると怒り出す隊長に、疲れたから休みたいなどと言ったらどんな仕打ちをされるか分かったものじゃないと、クレールの憂鬱な気持ちが高まっていく。

無性に何かに当たり散らしたくなったクレールだが、町中でそんなことをすれば、すぐに隊長に見つかり、始末書を書かされることになるだろう。

拳を握ることで、衝動をぐっと堪えたクレールは、せめてフェリシーのことを意識しないように切り替えて、その日を過ごしきった。

※　※　※

「あれ、クレールさん。こんなところで奇遇ですね」

翌朝、警邏中にナオークが気さくに話しかけてきた。

「あ？」

と威圧してしまうのは、前日のフェリシーとの会話を思い出していたからであり、そのフェリシーと出会う直接の原因を作ったナオークが話しかけてきたからに他ならない。

ナオークはこれからどこかへ行くのか、大きな荷物を抱えている。

「なんだコラ、オレが大変な目にあってる間に旅行かよ。良いご身分だな」

「いや、そういうわけじゃ……。これからカティアさんのところに、布教の手伝いしにいくところなんですよ。それにしても、やけに機嫌悪いですね……。どうかしたんですか？」

「どうかしたんですか、じゃねえよ！　あのサキュバスどうにかしろよ！　何かと理由つけてオレに付きまとってくるんだよ……」

「あぁ……」

ナオークは自分の経験を思い出しているのか、可哀想な人を見る目でクレールを見た。だが、何か解決策を用意してくれるわけでもないようだった。

「フェリシーに目をつけられたら、よほどのことがない限り付きまとわれちゃいますから……」

それはもうどうしようもないことらしい。どうやらナオークもフェリシーに付きまとわれた経験があるらしく、苦い顔をした。

「役に立たねぇ豚だな……。もう良いよ、あっち行け」

と乱雑に手を振られたナオークは、申し訳なさそうにその場を立ち去ろうとした。

「ふんっ……」

クレールも業務に戻ろうとして、方向転換し歩き出した――そのときだった。

すぐ近くで、〝きゃー！　バケモノー!!〟という叫び声が上がった。

振り返ると、ナオークが一般の女性に怯えられているのが目に入った。

（また面倒な……）

とクレールは目を細めたが、トラブルが起きてしまったのなら仕方がない。

「ああ……すみません、すぐいなくなるんで……あの、本当にすみません……」

と腰を低くして謝っているナオークと女性に近付いていく。

「どうかしましたか？」

「あぁ、警備の人？　見れば分かると思うけど、このオークが私を襲おうとしたんです！」

顔を青ざめさせながら言う女性だが、クレールは至って冷静にナオークへと質問する。

「そうなのか？」

「そ、そんなわけないじゃないですか！」

ナオークがそんなことをしないと知っているクレールは、だそうですが、と女性にお伺いを立てる。

「いいえ！　こんな凶暴そうな魔物なのよ！　嘘を言ってるに決まってるじゃない！　あなた強いのでしょう!?　さっさとこの魔物を殺してちょうだい！」

なかなか過激なことを言う女性。

「クレールさん……あの俺、これ以上時間取られるのは、ちょっと……」

そわそわと、ナオークはクレールに耳打ちした。

「あ？　ああ、そういえばそんなこと言ってたな」

クレールは普通に受け答えをしたつもりだったが、女性が震えながらクレールを見ていることに気が付き、やらかしてしまったことに気が付いた。

「ちょ……ちょっと貴女、このバケモノと知り合いなの……？　あ、貴女……このバケモノと手を組んで町を破壊しようとしてるのね!?」

あまりにも極端な考えに、クレールとナオークは固まってしまった。それが図星の反応と解釈した女性は、ここぞとばかりにまくしたてる。

「ほらその反応！　やっぱりそうなのね!?　ちょっと誰か！　助けを呼んでちょうだい！　ここに危険な人がいるわ！」

女性の言葉に、周囲がざわめき始めた。クレールとナオークに、厳しい視線が向けられる。

「ちょっと待てって言ってんだろうが！　人の話を聞けねえのかよクソババァ！」

「なによ貴女、今さら誤解です、なんて言ったってだまされないわよ!?」

無駄に高圧的な態度の女性に、クレールは我慢の限界を迎えた。

「ふざけんなよお前、何様だ!!」

ナオークは咄嗟にそのクレールを抑えようと腕を掴んだ。

「落ち着いてくださいって、こんなところで暴力沙汰はまずいですって！」

「何事だ!?」

と、そこに重量感のある鎧を身に纏った男性が駆け寄ってきた。

クレールはその男性に気が付くと、ぴたりと動きを止めて、苦虫を噛み潰したような表情を作った。

ナオークは、その男性を見て、すぐにクレールの表情の意味を理解した。

(あ、この人は確か、町の警護隊長のうちのひとりだ)

気が付くと同時に、隊長はクレールに厳しい視線を向け、命令する。

「クレール、状況を説明したまえ」

それにクレールは、はいと応えるが、俯いたまま話す気配を見せない。

呆れた隊長が顔を上げ、ナオークと目が合った。すると、一瞬だけ目を見開いて驚くが、すぐに状況を理解する。

「申し訳ありません、こちらは我が城に所属する魔族兵のひとりでありまして……。普段から素行の悪い態度が目立つので気をつけていたのですが、大変ご迷惑をおかけしてしまったようで……。こちらの小娘と合わせて、きつく言い聞かせておきますので、どうか今日のところはご容赦ください」

深々と頭を下げる隊長に、女性は気勢を削がれた様だった。

「ふ、ふん……。ちゃんと教育しておきなさいよ！　今度こんなことがあったら、ちゃんと責任を取って貰うからね！」

女性は渋々、といった態度を取りながらも、それ以上の追求はせずに、その場を立ち去った。

「……クレール、お前は今から私についてこい」

長い説教の始まりだった。

※　※　※

「はぁ……」

数時間にわたる説教から開放されたクレールは、ようやく辿り付いた自宅のベッドに倒れ込んだ。

(どうしてこうなっちまうんだ……)

クレールは落ち込んでいた。それは、別に隊長に怒られたからというわけではなく、むしろ何故自分が隊長のようにトラブルを起こさないようにできないのか、という悩みでだ。

(才能ってのがねぇのかな……。は～あ、辞めちまおうかな……)

自分が短気なことを気にしてはいたが、それにしてもあんまりだ、と。

仕事を続けて行く自信をなくしたクレールの気持ちは、さらに落ち込んでいく。

(とりあえず……明日は仕事休もう……)

こんな状態で仕事に行っても、どうせ碌なことにはならないだろうと、クレールは仕事を休むことを決意する。そこへ——。

「こんばんわ、クレールちゃん、待っててくれた?」

突然、フェリシーが訪ねてきた。これまたやっかいな相手が……と思うクレールだが、上手く悪態を吐くことも出来ない。

(こんなときに……)

飛び起きて帰れと怒鳴ってやろうか、と考えるクレールだが、何故かそんな気力も湧いてこない。

無視してやり過ごそうとするクレールだったが、フェリシーは心配そうな声色で、話しかけてくる。

「なに？　もしかして落ち込んでるの？　ふふ、そんなときは、エッチなことがお勧めよ」

冗談めかして言ったフェリシーは、ベッドに倒れ込むクレールに近付くとその耳をかぷりと甘噛みした。

「あら？」

てっきり抵抗されると思っていたフェリシーだったが、大人しいクレールに驚きの声をあげる。

「ふぅん……？　なんだか分からないけど、これはチャンスってことかしら？」

だが、それならそれで、と耳の溝へ舌を伸ばす。帰宅してすぐ、ということもあり、一日で溜まった老廃物が、フェリシーの舌にこびり付く。

「クレールちゃんのお耳、ちょっとしょっぱくて、最高に美味しいわ……」

いつものような反応をもらえないフェリシーは、クレールを挑発する。反応を貰えないのが、ちょっとだけつまらないと思ったようだ。だが、それでも耳舐めをやめることはしなかった。

しばらく耳を舐め続けたフェリシーは、気が付かれないようにクレールの様子をうかがった。

クレールは顔を真っ赤にしながら、ベッドに口元を押しつけて、荒くなった息を必死に殺している。

(うふ♪)

その反応を確認したフェリシーは、今晩はいける、と確信した。

手慣れた手つきで、フェリシーはクレールの服を脱がしていく。

「やめろ……」

と、か細い声で抵抗の意志を見せるクレールだが、手がでないのなら、フェリシーにとってはないものと同じ。クレールはすぐに一糸纏わぬ姿へと剥かれてしまった。

フェリシーは自分も裸になって、肌を重ねる。フェリシーは、愛おしそうにクレールのおっぱいに吸いついた。口の中でまだ柔らかいクレールの乳首を転がすと、すぐにツンと尖るように勃つ。

「ん……ちゅぱっ」

クレールが口を離すと、ピンと勃った乳首が晒される。フェリシーは、自分の涎で濡れた乳首を摘むと、軽く引っ張った。

「んっ……」

その刺激に、クレールは我慢しきれず声を漏らした。それが恥ずかしかったのか、クレールは腕で口元を覆う。

「強がってるところも可愛いわ……。でも、気持ちよかったならちゃんと声を出さなきゃダメじゃない。それとも、まだお口がほぐれてないのかしら？」

フェリシーはおもむろにクレールの口の中へ指を差し込んだ。

驚きで奥へ引っ込もうとした舌を強引に掴み、その舌を器用に撫でつける。

「ンンッ!?　ンンンッ!!」

他人に直接舌を触られる経験などないクレールは、くすぐったさに身をよじった。

「もっと身体の力を抜いて？　嫌なことがあったんでしょう？　そんなときは、全部忘れるくらい気持ちよくなっちゃうのが一番なのよ？」

「ふぁ……」

そう聞いた途端、クレールの身体が、一気に弛緩した。

（そうだよな……。もうこのまま気持ちいいのに身を任せちまえば、何も考えずにすむんだよな

……なら、いっそ）

　くちゅくちゅと口の中をいじくり回されながら、クレールは快楽を受け入れるために、考えることをやめた。

「ほっ、あ……おほ……んふぅうおおお!!」

　腹の底から感じる気持ちよさに身を任せてクレールは喘ぎ声をあげた。

「そう、それでいいわぁ。それじゃあ、これはどう？」

　フェリシーはクレールの背後を取ると、抱きしめるように両手を回し、片手を乳首、もう片方を痴丘へと伸ばした。

「あっ……ンンンッ！」

　勃起した乳首を指の腹でこすられながら、ツンツンと張りつめた陰核をつつかれたクレールは、ビクリと全身を跳ねさせる。

「ああ！　んああ!!　クリトリスつつかれるたびに……頭が真っ白になるくらい気持ち良い!!」

「そうなの？　それじゃあどうして欲しいか言ってみて？」

「あ……。も……もっと、クリトリス捏ねて……！　それに、奥も……！　おまんこの奥掻き回してくれ!!」

「ふふ……良く出来ました。それじゃ、お望みどおりクレールちゃんの気持ち良い場所……全部弄ってあげる……」

　フェリシーは妖艶な笑みを浮かべると、指の腹でクリトリスを擦るようにしながら、ワレメの奥へと指を沈み込ませた。じっくりと丹念に膣壁をほぐすように指を出し入れする。

「しょ……れぇ!! しゅげぇっ……うふぁ……!! クリトリス、ビリビリ!! ふぉ!!」

さらに、乳首への愛撫も変化させる。乳頭を擦りあげていた指を、今度は乳輪の縁をなぞるように動かしていく。

「どう、ぞくぞくするでしょ？」

「ひっ……！ しゅる……乳輪……気持ち良い……!!」

「それじゃあ、気持ち良くしてあげた私に、ご褒美ちょうだい？ ほら、あーん」

だいぶ素直になってきたクレールに、フェリシーは舌を伸ばしてレロレロと動かし、キスを催促する。

クレールも、その舌の動きで、口の中をさらに気持ち良くさせてくれるのだろうと直感し、すぐにその赤い触手のような舌に吸いついた。

「あむ……じゅる……ちゅうっ！」

「あんっ、んちゅ、ぇれぉ……れろ……」

ワレメをぐちょぐちょにほぐされ、おっぱいを弄られた挙げ句、口の中まで愛撫されるクレール。

(触られてる場所全部……気持ち良い……このまま……この気持ち良いのに、溺れていたい……)

全身が性器のように敏感になったクレールは、朦朧とする意識の中でそう思った。

きっと、フェリシーならそれを叶えてくれる。

自分のすべてを預ければ、フェリシーが受け入れてくれるだろうと、クレールはここに至って確信した。だから、安心して全身にほとばしる悦楽に、身を投げ出した。

クレールはもう、自分がどんな声を出しているのかも、どんな痴態を晒しているのかも分からなくなっていた。そして、それで良い……とも。

「嬉しいわ、クレール。ずっと私と一緒にいましょうね」

何も分からないなかで、フェリシーのその言葉だけが、クレールにははっきりと聞こえた。

※　※　※

翌朝、目が覚めたクレールは、驚いた。

（あれ……なんか、ちょっと気持ちが落ち着いてる……。まさか、本当にフェリシーとエッチなことをしただけで？）

だが、確かにクレールの心は軽くなっていた。今日、このまますぐに仕事へ行っても、きっと隊長と普通に接することが出来るくらいには、穏やかになっている。

なんでだろう、と首を傾げたクレールに、フェリシーがいきなり抱きついて言う。

「何か辛いことがあったなら、吐き出すのが一番よ。愚痴くらい私が聞くから、いつでも相談して？ふふ、私とクレールちゃんの仲なんだから、遠慮しなくてもいいのよ」

その言葉に、クレールは胸の奥が温かくなるのを感じた。

「うるせぇ……」

ありがとう、という言葉を素直に言うことが出来ず、クレールは悪態を吐いた。

フェリシーはその悪態の言い方に棘がなくなっていることに気が付いて、思わずクレールの頬に唇を押しつけた。

書き下ろし３
休日の謳歌？

「はぁ……」

まだ夜も明けきらない早朝の訓練場。その中央で眉間に皺を寄せ、難しい表情を作りながら、アリーナは大きなため息を吐き出した。

全身が大量の汗で濡れているのは、彼女がこの時間から激しいトレーニングを終わらせた後だからだ。

アリーナがため息をついたのは、訓練に疲れたからではない。むしろ彼女にとって、これは準備運動くらいの感覚だった。

では、何が彼女の表情をそこまで曇らせているのか。

話は簡単だ。

「戦いたい……」

それだけだ。

魔族との平和条約が結ばれて以降、アリーナは常にその欲求に苛《さいな》まれてきた。だが、すでに戦う意味をなくした世界で、その願いはあまりにも儚い。

それが分かっているからこそ、アリーナはどうしようもない想いを込めて大きなため息を吐いている。

「さて、もう一走りするか……」

そして、そのどうしようもない想いを少しでも解消するために、アリーナは早朝のトレーニングを再開した。

※　※　※

「ちょっとナオーク！」

俺が休日を謳歌していると、唐突にアリーナ様が部屋へと現れた。

最近はなんだかんだで会う機会が減っていたので、この訪問は純粋に嬉しいものだった。ちょっと前までは同じ部屋に住み、同じベッドで寝ていたというのに……。

なんだか妙な寂しさに襲われながら、俺はアリーナ様に挨拶をした。

「挨拶なんていいから、あんたちょっとそこ座りなさい」

「え、はい……」

言われたとおりに椅子に座ると、アリーナ様は俺をさらに椅子代わりにして座り込んだ。

「む、あんた結構座り心地良いわね」

アリーナ様は思いきり俺に体重を預けると、はぁと大きなため息をついた。

「最近元気がないみたいですけど、どうかしたんですか？」

一日中不機嫌そうな表情をすることが多くなったアリーナ様に、俺は思いきって質問してみた。

「ええ、ちょっとね……」

良くも悪くもはっきりした性格をしているアリーナ様だが、今回は珍しく言葉を濁した。どうやら俺にも言いずら問題を抱えているようだ。

アリーナ様はチラリと俺に視線を送ると、しばらく考え込んでから小さなため息と共に目を逸らした。

「なんか、そうされると余計に気になりますね……」

「そうね、言っても良いけどあんたじゃどう頑張っても無理なお願いだからなぁ～」

なんだか含みを持たせた言い方に、俺は違和感を覚えた。確かにアリーナ様は俺のことをよく蔑むが、こういう遠回しなことはしないタイプだ。

「……なんか、アリーナ様らしくないですね。俺で良ければ相談に乗りますよ」

「む……」

俺に本心の一端でも感づかれたのがそんなに気にくわないのか、アリーナ様は分かりやすく不機嫌そうな表情になった。

「まあまあ、確かにアリーナ様の悩みが俺に理解出来るか分かりませんけど、吐き出すことって大事ですよ」

俺は真剣にアリーナ様のことを心配して、肩に手を置きながらそう諭した。

「……そう、ね」

アリーナ様は俺の言葉を聞くと、顔を真っ赤にして頷いた。それでも渋々、といったふうを装っているのは、アリーナ様なりの意地ってやつだろう。

「……最近、誰かと戦いたくて仕方ないの」

その、簡潔な内容に思わず椅子からずり落ちそうになってしまうが、アリーナ様のその真剣な表情、そして声色に俺は姿勢を正す。アリーナ様も、自分の悩みを真剣に聞こうとする俺の態度を見て、本当に話を聞いて貰えることが分かったらしい。

「前に比べて、この世界もかなり平和になったでしょ？　それ自体は嬉しいことだと思うのよ。だけどあたしとしてはもっと戦いの場に身を置きたいのよね……。もっと詳しく言うと、雑魚を蹴散らして優越感に浸りたい、っていう気持ちが一番しっくりくるんだけどね。でも、こんな時代じゃそういうのも出来ないし……。もちろん、全部の魔物が良い奴になったわけじゃないから、たまに起きる小競り合いとか犯罪とか、そういうのには首を突っ込んでいけるんだけど、どうしても欲求が治まらないのよ……」

どうやら相当ため込んでいたらしく、一度愚痴を漏らしはじめたらその勢いは止まらない。まるで流れの速い川のような勢いで喋っていく。

「うーん、確かに悩ましい状況ですね……」

かといって、上手い解決方法が、すぐに思い付かない。とりあえずはその場その場で息抜きをして誤魔化していくしか、今のところはないように思えた。

「少し、ストレス発散したほうがいいんじゃないですかね？」

「……そうなるわよね」

どこか不満そうなアリーナ様。だが、その表情はぱっと晴れた。

「それじゃあ、やりましょ！」

「え？」と今度は俺が怪訝な表情を作る。この短いやりとりの間に、何が起きたのか。考える間もなく、アリーナ様は俺と見つめ合う形に体勢を変えた。

「なにびっくりした表情で固まってるのよ。ストレス発散するんでしょ？　んっ……」

アリーナ様は突然首筋へと口づけしてくると、生暖かい舌を俺の肌に這わせた。

「あ、ちょ……アリーナ様、マズいですって……」

「なにがマズいのよ。あんただって期待してたんじゃないの？　それに、久しぶりに会ったんだから、これくらい楽しませてくれてもいいでしょ」

アリーナ様はわざとおっぱいを強調するように腕を寄せながら、下腹部へと手を伸ばす。伸ばした先には、半勃ちしたモノが……。

「ちょっと、ふにゃふにゃ……ってほどでもないけど、全然硬くなってないじゃない。何よ、もしかしてまたフェリシーあたりと朝までやってたんじゃないでしょうね？」

「あ、いや……フェリシーはクレールにご執心みたいで、最近はそんなことないです」

「じゃあ、あたしと密着しておいて、なんでおちんちん大きくなってないのよ……」

悔しそうに俺を睨みつけるアリーナ様を見て、自分の欲望を抑えていたことが失敗だったことを悟った。

「お、俺もアリーナ様と久々に会えて嬉しかったんですけど、その、アリーナ様が入って来たとき、ちょっと疲れてるように見えたので、今回はそういうのないほうがいいのかな、って思っちゃいまして……。出来るだけ勃起しないように、頑張っていたんです……。でも、アリーナ様がいいって言ってくれるなら……」

「そ……そうならそうって、早く言いなさいよ……。て、手伝ってあげるから、早く勃起させなさいよね……」

アリーナ様が顔を真っ赤にして、俺のペニスをいやらしい指使いで弄ぶ。途端、俺のペニスが急激に膨張する。

へたり込んでいた竿に血が流れ込み、一気に数倍に膨れあがった。

「うわっ、す、すご……こんな急に……」

「こう見えて、凄い我慢してましたから……」

急激な勃起に驚きながらも、アリーナ様は熱心に俺のペニスをその細い指で擦っていく。竿全体を優しく撫でながら、指で輪っかを作ったり、ときおりカリ首をコショコショとくすぐってくる。

「あぁ……」

アリーナ様とは思えないほど優しい指使いに、俺は思わず吐息とカウパーを同時に漏らした。アリーナ様は俺が漏らしたカウパーを即座に指先に絡めると、亀頭全体を指の腹でならすように擦りはじめた。

それも、さっきよりも速いスピードで、俺に悦楽を与えるための行為として、ソレを行っていく。

ペニスの先から背中を駆け抜ける快楽に、俺は悲鳴をあげそうになった。それを耐える代わりに、ゴッと腰を突き出してしまう。

「わっ!?」

その勢いに、アリーナ様の身体が浮き上がる。

「ふふ、凄い反応ね、ナオーク。まだ手でシてあげてるだけなのに。これじゃああたしのおまんこにコレが入ったらどうなっちゃうのかしらね？」

トントンと、ねっとりとした体液を垂れ流す鈴口を指先で叩かれて、俺のペニスはビクビクッと跳ねる。

「あ……うっ、アリーナ様……。そんな焦らさないで……お、お願いします。アリーナ様のまんこに……俺のペニス、入れさせてください……！」

「まったく、これじゃあどっちが誘ったのか分からないわね。ねえナオーク、そんなにあたしとセックスしたい？」

「は……はいっ！　アリーナ様とセックスしたいです！　お願いします！　早く、早くまんこに挿入させてください!!」

「しょうがないわね……」

「あ……あああ！」

俺の懇願に、アリーナ様は少し腰を上げると、俺のペニスを股間でロックオンした。

「ほぉら、もう少しで亀頭におまんこの入り口が当たるわよ♥　ほらほら」

アリーナ様は思いきり焦らしながら腰を落としていき、ぷちゅりとまんこでペニスにキスをした。

後は一気に腰を落として貰えれば、久々のアリーナ様を感じることが出来る。

「は……はやく！　アリーナ様！　もうまんこの入り口が当たってます！　俺のペニスも準備万端で、すぐにおまんこ出来る状態ですから！　は、早く！」

「まったく、久々だってのに情緒も何もあったもんじゃないわね。それに……ご主人様には、もっと頼み方ってのがあるんじゃないの？　そんなんじゃ、まだアモナのお願いのほうがマシよ？」

寸止めを喰らった俺は、情けない声を出しながら、慌ててアリーナ様に謝罪する。

「す、すみません！　あ、ああ……お、お願いします、俺の、いやらしくそそり立ったペニスを……アリーナ様の高貴なまんこに、挿入させてください……」

訂正して、改めてアリーナ様に懇願すると、アリーナ様は満足げな表情を浮かべた。

「そうそう、そういう殊勝な態度が良いわね。それじゃあ、しょうがないからおまんこしてあげる。……ふぅっ」

アリーナ様は俺の態度に満足したのか、まんこにあてがったペニスを埋めさせていく。

「あ、アリーナ様の膣内……柔らかいヒダが亀頭に絡んで……ため息でそうなくらい気持ち良いです……」

「ちゃんと感想が言えるなんて偉いじゃない。ふふ、ご褒美におちんちん、もぉっと気持ち良くさせてあげるわ」

アリーナ様はそう言うと、ぐっと腹筋に力を入れた。薄い脂肪に覆われていながら、しっかりと鍛え上げられた筋肉が引き締まり、ペニスを柔らかく包んでいた膣肉がきゅっとキツく絞まった。

たったそれだけの違いだが、ペニスに伝わる快楽の種類が、百八十度変化する。

甘やかされ、ただ気持ち良さを与えられていたペニスに、今度はアリーナ様を気持ち良くさせなければならないと、命令されているようなキツさが襲いかかる。

俺はその不言の命令に従い腰を動かしていく。突き上げるようなピストン運動ではなく、艶めかしい円運動だ。

「んっ、ンンッ!!　そ、その動き……もっと続けなさい……」

アリーナ様は俺の動きに満足してくれているようだ。俺は基本の動きをそれに固定しながら、さ

らにアリーナ様が気持ち良くなれる動きを追求する。ときどきわざとペニスに力を入れてみたり、アリーナ様の肉付きの良いお尻を愛撫してみたり。とにかく思い付くことはなんでも試した。

アリーナ様は俺が行動を起こすたびに切なげに喘ぐ。俺の愛撫が効果的だと力が入らなくなるようで、ときおり腹筋が緩み、まんこにからキツさが失われる。

その緩急が俺を追い詰めた。

急激な圧迫から一瞬でも解放されたペニスには大量の血が流れこみ、さらに硬く、敏感にしていく。そして敏感になったペニスに、柔らかなヒダが絡みついたタイミングでまたキュッと膣圧が上がり、強烈な刺激を粘膜へ与えていく。

俺が与えている刺激によるところが大きいとはいえ、完成された刺激のルーチンに、俺の精神は崩壊していった。

「んぐうぅう！　あ、アリーナしゃまぁ!!　そ、そのきゅってするの……んおっ、や、やばいです……。が、我慢できない……」

「おふっ……あっ……！　こ、これくらいで、射精しそうになっ……んっ！　ってるなんて……へたれじゃないんだから、もう少しっ、気合い入れなさいよ！」

「そんなこと言われても……!!　あ、アリーナ様のまんこ、気持ち良すぎて……!!」

「し、仕方ないわね……。あぁ、そうだ、それじゃあ、んっ、一発……だけぇ、ナオークのお腹、殴らせて……そ、そしたら、あたしももっと気持ち良くなれる気がするから……」

「あ……そ、それ……それぇ……」

なんて、魅力的な提案だろう。俺は無言でこくこくと頷く。

思えば、アリーナ様から本気で殴られるなんて、ここしばらくなかったことだ。想像しただけで、金玉に精液が溜まっていく。

「そ……それじゃあ、イクわよ……。ふふ……ふふふふふ……」

アリーナ様は腰をくねらせながら、ギチリと拳を握り込んだ。俺は力の込められた手を、腕を見て、さらに気持ちが高まっていくのが分かった。

今からアレをお腹に貰える……。想像しただけで貯蔵された精液が迸りそうだった。だが、我慢する。そうすることで、更なる快感が得られることを、学ばされているからだ。

アリーナ様の腕が、短く振り上げられ、最短、最高率の軌道を描いて落とされる。そして渾身の一撃が俺の脇腹へとヒットした。

ゴキュッ！　という肉が潰れる音と共に、時間が凝縮される。

俺は嬌声を上げながら、許容しきれないほどの快楽を受けて、大量の精液を吐き出した。

同時に、拳を肉にめり込ませたアリーナ様が全身を震わせて絶頂したことが分かった。

永遠とも思える引き延ばされた快楽。それが元の時間の流れに戻ると、そこにはふたりの荒い息づかいだけが聞こえた。

しばらくして、アリーナ様が、ぽつりと呟く。

「あ……ひっ……おっ……こ、しゅご……ナオーク殴るの……気持ち良すぎ……」

「かふっ……あっ、おっ、おおお……」

俺は脇腹に入った一撃の気持ち良さに、まだ言葉を発することが出来ない。それくらい、脳みそをトロけさせる一撃だったのだ。それでも、アリーナ様に同意の視線を送る。

「ふふ……ふふふふ……ちゅっ」

アリーナ様は俺の頬に軽くキスをすると、艶めかしい表情のまま、

「ねえ、このまま、続けよっか」

と、俺に囁いた。

俺は、喘ぎながら、それでも確かに頷いて――。

それから、どれくらい時間が経ったのか分からなくなるまで、セックスを続けた。俺たちは何度も何度も、ふたりの身体がドロドロになり、とけてしまうくらい繋がり合った。

激しい一撃を伴うやつを。

※　※　※

「あ、そうだ。良いこと思い付きましたよ」

行為後の休憩中に、さっきお腹に受けた快感を思い出しながらぼーっとしていたときだった。それはたまたま思い付いた、というか思い出したこと。

「なによ急に、何を思い付いたの？　新しいプレイ内容？」

「俺ってそんなに快楽に弱い印象あります？」

「うーん、結構そういうイメージあるわね」

その答えになんだか悲しみを覚えるが、それに負けずに話を続けることにした。

「そ、それで……思い付いたことなんですけど……。決闘形式のスポーツを広めればいいんですよ」

そう、スポーツだ。この世界ではまだ普及していないが、魔族との平和条約が結ばれた今なら、誰もが感心を持ってくれるはずだった。

「スポーツ？　それって、具体的には何をするのよ」

「えっとですね。安全性を考慮しながら、適切なルールのなかで戦うんです。擬似戦闘、みたいな？」

「へえ、面白そうね。それじゃあそれ、すぐに広めるわよ！」

上手く説明できているかどうかはともかく、俺の説明でアリーナ様は納得してくれたようだった。

こうなったときのアリーナ様の行動力には、目を見張るものがある。

数日後には城下町中に模擬戦闘大会の知らせ、というチラシが出回り、大会本部まで出来上がっていた。

意外なことにアリーナ様のように戦いの日々から解放され、心にモヤモヤを溜め込んだ人々は、相当数いたようだった。

大会本部は連日大忙しとなり——そして、大会当日。

「それじゃ、さくっと暴れて優勝してきてやるわ！　見ててよねナオーク！」

アリーナ様はそう言って、爽快な笑顔で舞台へと駆け上がっていった。

あとがき

皆様お久しぶりです、犬野アーサーと申します。

ノクターンノベルズ様で連載していました『転生オークは姫騎士を守りたい　～理想と現実は違うけど、エロいことばかりだからまあいいか？～』の２巻をお手に取っていただき、ありがとうございます。

ありがたいことに、こうして無事、２巻を出させていただけることになりました。

最終話をノクターンノベルズ様に載せたあの日から、もう結構な日数が経っていることも含めて、驚きを隠しきれません。

１巻の発売日。勢い込んでこの本が置いてありそうな本屋に赴き、自分の本が陳列されているのを見てとても気持ちの悪い顔を浮かべてからも、結構経ったことになるんですね。本当に、驚きを隠しきれません。

そんなわけで１巻が発売したことを口実にして久しぶりに友達に会い、この作品のことを話したのですが、「仙人みたいな暮らしをしてるお前が？」と返され、何も言い返せない自分がいたこともあわせて報告させていただきます。

ただ、その後はなんだかんだ祝って貰った上に、ご飯を奢ってくれたので、ありがたい存在だと再確認しました。２巻も出させていただくので報告も兼ねてもう一度、ご飯に誘ってみようと思います。もちろん、また奢って貰えないかな、という打算が働いているのですが、彼は優しいのできっと期待に応えてくれるはず。

さて、面白くない私の自分話はここまでにしておきます。

ここからは、再度お世話になった方たちへのお礼をさせていただきます。

今回も書籍化にあたってお世話になりました、ノクターンノベルズ様と担当様。たびたびご迷惑をおかけしたにも関わらず、笑顔で対応して下さり、本当にありがとうございます。

そして可憐なイラストで本作を彩って下さいました、ifo様。今回も格別なイラストを描いて下さって、ありがとうございます。

新キャラのデザインもとても素晴らしくて可愛くて、拝見するたびに感極まって泣いていました。描いていただいたイラストは全て家宝にさせていただきます。

最後に、応援してくださった読者の皆様に、最大限の感謝の言葉を贈らせていただきます。

ネットのほうで読んで下さっている方、本書をご購入いただいた方、またはその両方の方に、ありがとうございます。

最後までネットに掲載出来たのも、全て皆様の応援のおかげです。いただいた面白い、の一言のおかげで、続けることが出来ました。

ノクターンノベルズ様のほうで次の連載も考えていますので、もし気分が乗りましたらそちらも見ていただけると嬉しいです。

それでは皆様、最後までお付き合いいただきまして、本当にありがとうございました。

二〇一七年一月　犬野アーサー

キングノベルス

転生《てんせい》オークは姫騎士《ひめきし》を守《まも》りたい 2

～理想《りそう》と現実《げんじつ》は違《ちが》うけど、エロいことばかりだからまあいいか？～

2017年 3月1日　初版第1刷 発行

■著　　者　犬野アーサー
■イラスト　ifo

本書は「ノクターンノベルズ」（http://noc.syosetu.com/）に掲載されたものを、
改稿の上、書籍化しました。
「ノクターンノベルズ」は、「株式会社ナイトランタン」の登録商標です。

発行人：久保田裕
発行元：株式会社パラダイム
〒166-0011
東京都杉並区梅里2-40-19
ワールドビル202
TEL 03-5306-6921

印 刷 所：中央精版印刷株式会社

026

邪神転生チート物語
庶民の俺が邪神に転生したのはいいけど、メイドが勝手にハーレムつくってくれるんだが!?
1
お任せメイドの異世界ハーレム構築開始!
冴えないフリーターから最強の邪神に転生したアルフィスは、復活を喜ぶメイドのエーロに導かれ、魔族再興の戦いに巻き込まれた。当然、人間達に恨みはなくて、支配者ハーレムだけを楽しみたいと…。
クリスタラー桜井
Sakurai Christaller
illust:七原冬雪